Léa Day

Identité Perdue,

Amour abusif

Le Prix de la Passion

Mentions légales

Titre : Identité perdue - Le prix de la Passion
Auteure : Léa Day
© Léa Day, 2025
ISBN : 978-2-3225-6918-2
Dépôt légal : avril 2025

Tous droits réservés. Aucune partie de cet ouvrage ne peut être reproduite, stockée dans un système de récupération, ou transmise sous quelque forme ou par quelque moyen que ce soit, électronique, mécanique, photocopie, enregistrement ou autre, sans l'autorisation écrite de l'auteure.

Édition : BoD · Books on Demand, 31 avenue Saint-Rémy, 57600 Forbach, bod@bod.fr
Impression : Libri Plureos GmbH, Friedensallee 273, 22763 Hamburg (Allemagne)

*À ceux qui ont douté de leur lumière intérieure,
Souvenez-vous que chaque ombre à son rôle : elle nous apprend à reconnaître la clarté lorsque nous la retrouvons. Merci de ne pas avoir abandonné.*

TABLE DES MATIERES

INTRODUCTION 4

LA RENCONTRE DE L'INCONNU 8

QUAND JE L'AI EMBRASSÉ JE PENSAIS À TOI 34

LE PLAISIR DU MAL 43

LA FIN DE L'HISTOIRE 53

LE DEUIL 60

ET APRÈS TOI, LE DEUXIÈME AMOUR 69

QUEL EST MON IDENTITÉ 78

ET CE JOUR EST ARRIVÉ 87

ET PUIS L'INCONNU NE FAIT PLUS PEUR 92

LE BONHEUR RETROUVÉ 96

Introduction

Quand tout a commencé, je n'aurais jamais imaginé que cela se terminerait ainsi. L'amour, ce mot si doux, cette sensation si enivrante, m'a aveuglée. C'était l'euphorie. Une passion dévorante, un feu qui semblait inextinguible. Je me souviens encore de la première fois où je l'ai vue, ce moment où nos regards se sont croisés et où, sans que je m'en rende compte, tout a basculé. Ce n'était pas un simple coup de foudre, c'était plus que ça. Une attraction magnétique, une force incontrôlable qui m'attirait vers lui. J'avais l'impression que le destin nous avait réunies, que c'était écrit, gravé dans les étoiles. À ce moment-là, tout semblait si parfait.

Nous avons passé des heures à parler, à partager nos rêves, nos espoirs. C'était comme si, enfin, quelqu'un comprenait qui j'étais au plus profond de moi. Il avait cette façon unique de me regarder, de faire en sorte que je me sente spéciale, irremplaçable. À ses côtés, j'avais l'impression d'exister d'une manière que je n'avais jamais connue auparavant. Il savait exactement quoi dire pour me faire sentir aimée, désirée. Et moi, j'étais prête à tout pour lui.

Mais ce que je ne savais pas, c'est que cette passion allait rapidement devenir un piège. Au fil du temps, l'idéalisation a fait place à la confusion. Les petites attentions sont devenues des demandes, des exigences. C'est à ce moment-là que j'ai commencé à perdre pied, sans même m'en apercevoir. Au début, c'étaient de simples remarques. Des mots glissés doucement, presque innocemment. "Pourquoi tu parles à lui ? Tu ne vois pas qu'il te regarde d'une manière étrange ?" Je riais, je disais que ce n'était rien. Mais il insistait. Il voulait savoir où j'étais, avec qui. "Je m'inquiète pour toi", disait-il. "Je veux juste te protéger." Et moi, je croyais à ces mots.

Progressivement, cette "protection" est devenue de la surveillance. Il voulait savoir tout de ma vie, chaque détail. Où j'allais, qui je voyais, ce que je faisais de mes journées. Ses questions, qui au début semblaient être de l'intérêt, ont commencé à devenir une forme de contrôle. Et pourtant, je ne le voyais pas. Je me disais que c'était normal, que c'était de l'amour. Un amour intense, passionnel, peut-être même un peu excessif, mais n'était-ce pas ce qu'on recherchait tous ?

Ce que je ne comprenais pas à l'époque, c'est que l'amour ne devait pas être une cage. Mais moi, je ne voyais rien de tout cela. J'étais aveuglée par ses belles paroles, par cette sensation que, sans lui, je n'étais rien. Il me faisait croire que j'avais besoin de lui pour exister, que sans lui, ma vie n'avait aucun sens. Et j'y croyais, naïvement, aveuglément.

Il y avait des moments où quelque chose en moi me disait que ce n'était pas normal. Des petites alarmes qui clignotaient dans mon esprit, mais que je choisissais d'ignorer. Lorsqu'il me critiquait, il s'excusait toujours juste après. "Je ne voulais pas te blesser", disait-il. "Mais tu me pousses à bout, tu comprends ? Tu sais que je t'aime, mais parfois, tu me rends fou." Ces mots étaient comme des coups, invisibles, pourtant si puissants.

À chaque excuse, je me disais que c'était moi, que j'avais sûrement fait quelque chose de mal. C'était toujours moi qui devais changer, faire des concessions, m'adapter à ses besoins. Lui, il était parfait, et moi, j'étais celle qui devait constamment s'améliorer. Petit à petit, j'ai commencé à douter de moi-même, de mes choix, de mes pensées. Je ne savais plus qui j'étais sans lui.

Comment aurais-je pu douter de lui ? Il était tout pour moi, ma lumière, ma raison d'être. Je l'aimais à en perdre la raison.

Puis, il y a eu les premiers vrais éclats. Pas seulement des mots, mais des actions. Les cris, les disputes qui semblaient ne jamais avoir de fin. Il devenait de plus en plus distant, puis revenait vers moi avec des excuses qui me faisaient croire qu'il m'aimait encore. C'était un cycle infernal : la distance, la douleur, les réconciliations. J'étais prisonnière de ce schéma, incapable de m'en échapper.

Un jour, je me suis regardée dans le miroir et je ne me suis plus reconnue. J'étais devenue une version effacée de moi-même. Mes yeux, autrefois pleins de vie, étaient ternes, fatigués.

Je vivais pour lui, à travers lui, et cela me tuait à petit feu. Mais même à ce moment-là, je ne pouvais pas partir. Il avait tissé autour de moi un réseau si fin de manipulation, de culpabilité, que je ne voyais pas d'issue.

C'est là que j'ai compris ce qu'était réellement le prix de la passion. Cette passion qui, au début, me semblait être la plus belle chose qui puisse m'arriver, s'était transformée en un fardeau. Chaque jour, je payais ce prix : en perdant un peu plus de ma dignité, de ma liberté, de ma confiance en moi. L'amour, cet amour que je croyais être le vrai, le grand amour, m'avait fait perdre mon identité.

Je vivais dans un tourbillon d'émotions, passant de l'adoration à la haine en l'espace de quelques secondes. Je ne savais plus quoi penser, qui j'étais,

ce que je voulais. Tout tournait autour de lui, de ses besoins, de ses désirs. Et moi, j'avais disparu.
Il m'a fallu du temps pour comprendre que ce que je vivais n'était pas de l'amour, mais une forme de possession, de contrôle. Ce que je croyais être de la passion était en réalité une illusion, un leurre qui me maintenait prisonnière.

Cette introduction n'est que le début de mon histoire, une histoire d'amour qui s'est transformée en cauchemar. Mais c'est aussi une histoire de renaissance, car même dans les ténèbres, j'ai fini par trouver la lumière. Le chemin vers la guérison est long, difficile, mais il est possible. Ce livre est un témoignage, un cri, une main tendue à toutes celles et ceux qui, comme moi, ont perdu leur identité au nom de l'amour. Un amour qui n'en était pas un.

La Rencontre de l'inconnu

Comme tous les lundis, je me réveille à 6h30 c'est devenu une routine presque automatique. Le réveil sonne, je me lève, je me prépare, et je me dirige vers l'arrêt de bus. Mais contrairement à ce que l'on pourrait croire, ce n'est pas un simple geste mécanique.
Dès que je mets mes écouteurs dans le bus, la musique me plonge dans un état de réflexion profonde. Chaque matin, c'est le moment où je me pose des questions sur qui je suis et ce que je vais devenir, c'est aussi à ce moment-là que je ressens cette peur sourde, celle de l'inconnu. L'avenir est comme un grand vide devant moi, à la fois fascinant et effrayant.

Je me sens souvent différente des autres personnes, comme si j'étais un peu en avance. Parfois, j'ai l'impression de penser à des choses que les autres ne voient pas, d'être déjà ailleurs, dans une autre phase de ma vie. Je me dis que j'ai grandi plus vite que mes camarades. Est-ce que cela veut dire que je suis en décalage, ou simplement plus consciente des choses ? Quoi qu'il en soit, je sens ce poids de l'avenir qui m'attend, et parfois, il m'angoisse.

Toujours habillée avec soin, ce matin je porte une petite chemise, un tailleur et un blazer. J'aime

soigner mon apparence, cela me donne l'impression d'être plus grande, plus mature.
Au lycée, certains m'appellent "la comique", celle qui sait faire rire, j'aime cette image que les autres ont de moi, ça me donne un rôle à jouer, une place bien définie dans ce petit univers qu'est le lycée. Mais même si j'apprécie d'être celle qui fait rire, il y a des jours où je me demande si c'est vraiment moi, ou juste une façade.
Derrière le masque de la joie, je sens cette différence, ce sentiment que je ne suis pas tout à fait comme les autres.

Depuis aussi loin que je me souvienne, j'ai toujours été attirée par les hommes plus âgés. Les garçons de mon âge ne m'ont jamais semblé correspondre à ma mentalité. Leur manque de maturité, leurs préoccupations souvent superficielles ne résonnaient pas avec ce que je recherchais. Je me sentais en décalage, à la fois dans les conversations et dans les expériences que j'avais envie de vivre.

On m'a souvent répété que je paraissais plus vieille que mon âge. Que ce soit par mon style vestimentaire, ma façon de m'exprimer ou mon attitude en général, on me disait que j'avais une présence qui dépassait celle de mes pairs. Ce n'était pas quelque chose que je cherchais à faire, mais simplement la manière dont je me sentais à l'intérieur. Mon comportement reflétait une maturité que je ne voyais pas autour de moi.

Mes amitiés suivaient le même schéma. J'ai toujours eu des amis bien plus âgés que moi. Je trouvais leurs discussions plus intéressantes, plus profondes, comme si j'apprenais toujours quelque chose de nouveau à leurs côtés. Les relations avec les garçons étaient également plus simples, moins dramatiques que celles que j'avais pu avoir avec les filles. Entre elles, il y avait souvent des histoires pour des détails insignifiants. Les garçons, eux, disaient ce qu'ils pensaient, sans tourner autour du pot. Cela me convenait bien mieux.

Avec le temps, j'ai réalisé que ce n'était pas seulement une question d'âge, mais une recherche de connexion plus authentique, d'échanges où la franchise et la maturité primaient sur les petits drames du quotidien.

Les cours, je les aime, mais parfois, ils m'ennuient. Il y a des jours où tout me semble pesant, où je voudrais déjà être ailleurs. J'ai hâte de ne plus avoir à dire "je suis au lycée", car cela me semble être une étape que je pourrais déjà avoir dépassée. J'ai l'impression que je suis prête à vivre autre chose, à affronter des défis plus grands. Mais en même temps, cette idée me terrifie. L'inconnu me fait peur, même si j'ai envie de l'affronter. C'est un paradoxe qui me suit, cette envie de grandir et de quitter le lycée, tout en ressentant l'angoisse de ce qui m'attend après.

Mes résultats sont bons, et l'année prochaine, je passerai le bac. Pourtant, je ne ressens pas de pression particulière, comme si tout était déjà décidé, comme si j'étais certaine de réussir. Mais cette assurance cache parfois une angoisse plus profonde. Et si, une fois sortie du lycée, je n'étais plus la même ? Et si je ne trouvais pas ma place dans le monde qui m'attend ? Ces questions me traversent l'esprit, alors que je rejoins mes amis.

Avec eux, tout semble plus simple on rigole, on se raconte nos histoires, et pendant ces moments, j'oublie un peu mes questionnements. Mais même dans ces instants légers, une petite voix intérieure me rappelle que je me sens différente. J'ai parfois l'impression d'être en décalage, d'être plus adulte que je ne devrais l'être, comme si j'étais déjà en train de quitter cet espace qu'est le lycée, avant même d'en être partie.

Le soir, lorsque je rentre chez moi, une nouvelle routine commence. Douche, repas rapide, et puis je me réfugie dans ma chambre. Là, dans la pénombre, avec mes écouteurs vissés sur les oreilles, je me laisse emporter par mes pensées. C'est dans ces moments de solitude que mes réflexions deviennent plus intenses. Je me rends compte que, bien que je sois sociable à l'extérieur, il y a une partie de moi qui aime être seule. La solitude est à la fois apaisante et angoissante, comme une amie que l'on redoute un peu. C'est dans ces moments que mes doutes prennent le dessus, et que la peur de l'inconnu refait surface. Qui suis-je vraiment, derrière le rôle de la comique ? Que va-t-il se passer quand je quitterai ce cocon qu'est le lycée ? Est-ce que je serai toujours celle que je suis aujourd'hui, ou vais-je changer ? Ces questions, je me les pose souvent. Et la nuit, quand tout est calme, elles semblent résonner encore plus fort dans mon esprit.

Depuis toute petite, j'ai toujours eu des rêves plein la tête, des projets qui me faisaient vibrer. J'imaginais des avenirs différents, des vies remplies de nouvelles aventures et d'opportunités. Aujourd'hui, ces rêves sont toujours là, plus vivants que jamais. J'ai envie de les réaliser, de les transformer en réalité. Ils me donnent une direction, un but à atteindre, et je suis prête à tout pour les voir se concrétiser. Pour moi, le temps est précieux. J'ai constamment besoin de m'occuper, de faire quelque chose de constructif. Je préfère mille fois réfléchir à mes projets, avancer vers mes objectifs, plutôt que de perdre du temps à ne rien faire.

Contrairement à beaucoup de jeunes de mon âge qui passent leur temps à penser aux réseaux sociaux, moi, je suis ailleurs. Je pense à mon avenir, à ce que je veux construire et surtout à ce que je veux transmettre aux autres. J'ai des projets qui me passionnent, des rêves ambitieux dont je sais qu'ils seront réalisables. Pendant que certains s'attachent aux apparences, je me concentre sur ce que je peux apporter au monde, sur les traces que je veux laisser.

Il y a des jours où je me sens forte, confiante, comme si rien ne pouvait m'arrêter. Mes amies me disent souvent que j'ai toujours le sourire, que je suis celle qui apporte de la joie dans le groupe. J'aime cette image, elle me donne une sorte de stabilité, comme si je savais exactement qui je suis.

Finalement, tout ce que je vis en ce moment fait partie de cette quête de sens. Chaque jour est une étape, un pas de plus vers ce que je vais devenir. J'essaie de profiter des moments que je passe avec mes amis, des rires, des petites victoires quotidiennes. Mais en même temps, je sens que je dois agir, que je dois me préparer à affronter l'inconnu. Ce n'est pas seulement une routine, c'est une préparation à quelque chose de plus grand.

Même si j'ai peur de ce que l'avenir me réserve, je sais que je ne resterai pas toujours cette "comique du lycée". La vie m'attend, avec ses défis, et je suis prête à les affronter, malgré mes doutes et mes peurs. Peut-être que cette peur de l'inconnu ne me quittera jamais vraiment, mais elle fait partie du chemin, elle m'aide à grandir. Un lundi comme les autres, mais chaque lundi me rapproche un peu plus de la personne que je suis destinée à devenir.

Un lundi comme un autre, une simple notification sur les réseaux sociaux est sur le point de bouleverser ma vie. Tout commence par une méfiance instinctive, une prudence naturelle face à un jeune homme dont le profil s'affiche sur mon écran. Cependant, une curiosité irrépressible m'envahit, et je me lance dans une quête d'informations discrète, désireuse d'en apprendre davantage sur cet étranger virtuel.

Je clique sur son profil Instagram, une curiosité incontrôlable me pousse à en savoir plus.
Ses photos défilent sous mes yeux, chacune dévoilant un peu plus de cet inconnu fascinant. Je scrute chaque détail, espérant trouver des indices sur sa personnalité. Les clichés sont impeccables, soigneusement choisis pour mettre en avant ses meilleurs atouts. Un sourire ici, un regard captivant là, tout en lui semble calculé pour attirer l'attention.

Je décide de pousser mes recherches plus loin, je tape son prénom et son nom de famille dans la barre de recherche internet espérant découvrir quelque chose de tangible. Rapidement, quelques informations émergent. Une page professionnelle ici, un profil sur un réseau social là. Il semble être quelqu'un de bien établi, avec un métier respectable et des passions variées. Pourtant, une question me taraude : pourquoi un homme aussi charmant et accompli cherche-t-il à entrer en contact avec moi ?

Tandis que mes pensées vagabondent vers ce mystérieux garçon au même moment, la sonnerie du lycée retentit, me rappelant à la réalité des cours. Je reprends ma place dans la salle, m'efforçant de me concentrer sur le cours d'histoire-géographie. Je me plonge dans la leçon, tentant de faire abstraction de cette distraction.

Mais lorsque la fin des cours arrive, la tentation est trop forte. Je me précipite sur mon téléphone pour lire la notification de ce garçon. Mon cœur bat un peu plus vite, mais, au dernier moment, je prends une décision inattendue : je choisis de ne pas répondre. Je préfère garder le contrôle, me concentrer sur ce qui compte vraiment pour moi plutôt que de me laisser distraire par des messages qui ne me mèneront nulle part.

Mais au fil des jours la question ne me quitte pas, me préoccupant jour et nuit. Chaque fois que je pense à lui, une vague de doute m'envahit, peut-être est-ce un piège, une illusion soigneusement entretenue pour attirer des victimes naïves. Mais une autre partie de moi, plus optimiste, veut croire qu'il pourrait être différent, qu'il pourrait être sincère dans sa démarche.

Je décide de le faire patienter je ne veux pas paraître trop empressée. Jouer la carte de la distance pourrait m'aider à paraître plus désirable. Chaque jour qui passe sans que je réponde à son message est une torture douce-amère. L'anticipation grandit, tout comme mes doutes.

Finalement, je prends mon courage à deux mains. Je rédige une réponse, le stress monte en moi, chaque seconde passée à attendre sa réponse est une épreuve. Mon esprit est complètement focalisé sur lui, incapable de penser à autre chose. Le contrôle m'échappe, et je lutte pour le reprendre, sans succès.

L'attente est insupportable. Chaque notification sur mon téléphone me fait bondir, espérant que ce soit lui. Quand enfin sa réponse arrive, mon cœur bat à tout rompre. J'ouvre le message avec appréhension, mes mains tremblent légèrement. Son ton est charmant, ses mots bien choisis. Il me complimente, me pose des questions sur moi. Chaque phrase est comme un fil tendu, nous rapprochant un peu plus.

Nous échangeons plusieurs messages, apprenant à nous connaître à travers l'écran. Il semble sincèrement intéressé par moi, ses questions pertinentes et ses réponses réfléchies. Pourtant, un doute persiste. Peut-être joue-t-il simplement un rôle, peut-être est-ce une façade. Plus nous échangeons, plus je sens naître en moi une certaine affection pour lui. Ses mots, sa manière de me parler, tout en lui me semble parfait. Mais cette perfection est aussi ce qui m'effraie. Peut-on vraiment être aussi idéale sans cacher quelque chose ? Mon esprit rationnel me dit de rester sur mes gardes, mais mon cœur commence à s'emballer.

Nous parlons de tout et de rien. De nos passions, de nos vies, de nos rêves. Chaque conversation est une découverte, chaque mot un pas de plus dans l'intimité. Il partage des anecdotes de sa vie, des moments qui le rendent humain, vulnérable. Peu à peu, mes doutes commencent à s'estomper, remplacés par une curiosité et une envie sincère de le connaître davantage.

Au fil des jours, la question se mue en intérêt, puis en fascination. Je découvre en lui un charme singulier, une personnalité qui m'attire irrésistiblement. Pourtant, une question persiste, lancinante notre différence d'âge. Lui, bien plus âgé, moi, encore jeune et inexpérimentée. Malgré cette barrière apparente, nos conversations se prolongent, se nourrissant de confidences et d'échanges passionnés. Peu à peu, je me laisse emporter par le vertige de cette relation naissante.

Je trouve en lui tout ce que j'ai toujours recherché : la sécurité, la grandeur, l'idéal à moi que je me suis défini par la folie et le reflet de mes aspirations les plus profondes. À travers l'écran, il parvient à pénétrer mes pensées, à s'immiscer dans mes rêves les plus fous, tissant autour de moi un univers où seul compte notre lien, notre connexion virtuelle devenue « bien réelle ». Et soudain, sans que je m'en rende compte, il devient mon obsession, mon obsession nocturne et diurne. Je le vois dans mes rêves, je le sens dans mes pensées. Une réalité parallèle s'installe, où seul compte ce lien fragile qui nous unit à travers les fils invisibles de nos deux écrans.

Après plusieurs semaines d'échanges virtuels, une connexion s'était établie entre nous, mêlée d'excitation et de curiosité. Nos discussions, bien que limitées par l'écran, étaient devenues le point culminant de mes journées de lycéenne. Cependant, plus le temps passait, plus l'idée de le rencontrer en personne me tourmentait. L'envie pressante de mettre un visage, une voix et des gestes sur les mots de nos échanges devenait presque insoutenable. Pourtant, une partie de moi était terrifiée par l'inconnu.

Finalement, nous avons décidé de faire un pas de plus, un appel vidéo. Ce serait une transition avant la rencontre en personne, une manière de nous rapprocher tout en restant dans la sécurité de nos espaces respectifs. Le jour de l'appel, chaque minute passée à attendre semblait une éternité.

Quand enfin son visage apparut à l'écran toutes mes appréhensions s'évaporèrent instantanément. Il souriait, un sourire chaleureux qui me mettait immédiatement à l'aise. Nous avons parlé pendant des heures, comme si nous nous connaissions depuis toujours. Sa voix était douce, réconfortante, et son rire, contagieux. Cette première interaction en vidéo confirmait ce que je ressentais déjà : il y avait quelque chose de spécial entre nous.

Malgré le succès de l'appel vidéo, la perspective de le rencontrer en personne continuait de m'angoisser. Chaque soir, je rejouais dans ma tête les possibles scénarios de notre rencontre. Et si je ne lui plaisais pas en vrai ? Et si notre connexion virtuelle ne se traduisait pas dans la réalité ? Ces questions tournaient en boucle, amplifiant mes peurs et mes doutes.

Je me forçais à imaginer le meilleur scénario possible : nous nous rencontrons, tout se passe bien, et nous réalisons que la connexion ressentie à travers l'écran est encore plus forte en personne. Mais l'inquiétude persistait. J'essayais de rationaliser ces craintes, de me dire que tout le monde ressentait cette nervosité avant une première rencontre. Néanmoins, l'incertitude de l'inconnu pesait lourd sur mon esprit.

Avec le temps, l'envie de le rencontrer en personne surpassait mes peurs. J'ai décidé qu'il était temps de franchir le pas. Nous avons fixé une date et un lieu pour notre première rencontre. Le jour J approchait, et chaque instant était empreint de nervosité et d'anticipation. Pour me rassurer, je continuais à imaginer notre rencontre, à répéter mentalement chaque détail.

La veille de notre rendez-vous, j'étais une véritable boule de nerfs. Le mélange d'excitation et d'angoisse me submergeait. Après plusieurs semaines de conversations virtuelles et un appel vidéo prometteur, le moment était enfin venu de rencontrer cet inconnu qui avait tant occupé mes pensées.

Finalement, la fatigue l'emporta sur l'anxiété. Je m'endormis en espérant que tout se passerait bien, que cette rencontre serait le début de quelque chose de beau. Au fond de moi, je savais que peu importe l'issue, j'étais prête à affronter cette étape avec courage et détermination.

Le jour suivant marquerait une nouvelle aventure, et j'étais prête à l'accueillir avec un cœur ouvert et un esprit préparé.

Le jour J, l'anxiété est à son comble. Je me suis levée avec une excitation mêlée de nervosité. Chaque geste, chaque pensée était orientée vers notre rencontre. En me préparant, je répétais mentalement les scénarios que j'avais élaborés des centaines de fois. Une dernière vérification de mon apparence dans le miroir, et j'étais prête.

Mes amies étaient devenues mes alliées les plus précieuses, écoutant mes doutes, apaisant mes craintes, me rappelant que je méritais d'être aimée sans réserve. Mais le poids de la différence d'âge pesait toujours sur mes épaules, une ombre insidieuse obscurcissant l'excitation de cette journée tant attendue.

Cette journée était chargée d'une tension palpable et d'une excitation fébrile. Depuis des semaines, nos conversations virtuelles avaient tissé un lien particulier.

Enfin, le moment était venu. L'endroit choisi pour notre rencontre était aussi majestueux que le paysage qui s'étalait devant moi. Mon cœur tambourinait dans ma poitrine, une cacophonie de battements précipités qui résonnaient dans mes tempes. Mes mains étaient moites, mes joues brûlantes et rouges, comme si le feu de l'incertitude embrasait chaque parcelle de mon être. Je scrutais l'horizon, à la fois émerveillée par la beauté qui m'entourait et terrifiée par l'inconnu qui m'attendait.

Ce jour-là, si magnifique soit-il, était aussi le plus angoissant de ma vie, le point de bascule entre la réalité de mes rêves et les craintes de mon esprit tourmenté. Au loin, sa silhouette se dessinait dans le paysage hivernal, et mon sourire s'évanouit devant l'émoi qui m'envahit, révélant mes émotions sans filtre. Vêtue de façon inappropriée pour le froid mordant de cette journée d'hiver, je le vois s'approcher à quelques mètres de moi, et c'est alors que tout se mélange. Sa voix résonne à mes oreilles, sa présence devient tangible, et je sens le bonheur intense m'envahir, bien plus puissant que toute émotion vécue à travers un écran.

Nous nous asseyons et commençons à parler, comme si nous nous connaissions depuis toujours. Il est encore plus charmant en personne, sa présence magnétique. Nous passons des heures à discuter, riant et partageant des histoires. Un échange de baisers timides, un abri trouvé dans sa voiture pour se réchauffer, et soudain, je me sens perdre tout contrôle de moi-même. Sa présence me subjugue, son charisme m'éblouit, sa gentillesse me touche en plein cœur. Nous entamons une conversation fluide, un feeling inexplicable nous reliant déjà.

Puis, dans un élan spontané et mutuel, nos désirs s'éveillent, nos envies se font écho, et nos lèvres s'unissent dans un baiser chargé de promesses et de désirs inavoués qui naviguent entre le flou de ce qu'il se passe et de la petite fillette rayonnante qui refessait surface en moi. Ce moment est ineffable, une fusion de sensations et d'émotions qui me submerge entièrement.

Après avoir exploré ces territoires inconnus ensemble, nous retrouvons nos esprits, nos conversations reprennent, mais désormais teintées d'une complicité nouvelle, d'une intimité partagée, la nuit s'installe, il est temps de se quitter, et malgré le sourire immense qui illumine mon visage, une seule pensée occupe mon esprit : le désir ardent de le revoir...

De retour chez moi, allongée dans mon lit, je revis chaque instant passé en sa compagnie, bercée par le souvenir de ce moment hors du temps. Avant de le revoir, je me suis retrouvée prisonnière d'un tourbillon de doutes et de craintes qui semblaient étouffer chaque parcelle de mon être. Les souvenirs de notre premier rendez-vous, le goût sucré de ses lèvres contre les miennes, l'écho de nos rires complices, tout tournoyait dans mon esprit, me laissant dans l'incertitude la plus profonde. Avais-je agi trop impulsivement en succombant à l'élan de nos désirs naissants, en franchissant cette frontière du premier baiser ?

Cette relation naissante, si intense, si palpitante, était-elle condamnée à brûler trop rapidement, consumée par sa propre passion ? La simple pensée de perdre cet être précieux, dont la présence avait insufflé un souffle nouveau à mon existence, me glaçait d'une terreur indicible, creusant un abîme de vide en moi, impossible à combler à part lui et ces mots doux...

Pourtant, malgré mes tourments, chaque instant passé à ses côtés m'avait enveloppée d'un sentiment de compréhension et de réconfort, comme si nos âmes se reconnaissaient et se complétaient dans une parfaite harmonie.

La simple idée d'une séparation, d'un adieu inéluctable, faisait frissonner mon être tout entier, comme si la perspective de perdre cette connexion si précieuse signifiait perdre une part de moi-même, irrémédiablement.

Depuis notre rencontre, une métamorphose s'était opérée en moi, me transformant en une version altérée de celle que j'étais autrefois, façonnée par l'empreinte indélébile de son existence. Suis-je devenue plus grande, est-ce que l'âge que j'ai est juste un nombre sur un acte de naissance qui ne signifie en rien ma maturité devenue plus grande depuis cette rencontre ?

Chaque notification lumineuse sur l'écran de mon téléphone, chaque seconde passée loin de lui, faisait croître en moi un sentiment de manque et de vulnérabilité, me poussant à remettre en question chaque aspect de notre relation, chaque facette de ma propre valeur. Et dans cette spirale infernale de pensées tourmentées, je me demandais si nous étions destinés à naviguer ensemble sur les flots tumultueux de l'amour, ou bien condamnés à nous perdre dans les méandres sombres de l'oubli, ou bien est-ce que je suis juste de passage pour lui.

Quelques jours plus tard nous nous revoyons, et c'est comme si un essaim de papillons avait élu domicile dans mon estomac. Chaque battement d'aile résonne en moi comme une farandole d'émotions mêlées. La même tension que la première rencontre se rejoue, mais cette fois-ci, elle est parée d'une nouvelle teinte : l'espoir et une pointe de fébrilité amusée.

La journée commence avec une nervosité familière. J'avais préparé ma tenue avec la précision d'un chirurgien, chaque pli et chaque accessoire scrutés à la loupe. Cette fois, j'opte pour un look qui dit : "Je suis élégante mais accessible, comme un bon vin que l'on peut apprécier sans être un expert." Le miroir me renvoie une image satisfaite, mais mon cœur joue toujours au funambule.

Le trajet jusqu'au lieu de rendez-vous se transforme en un défilé de pensées humoristiques. "Et si je trébuche en le rejoignant ? Serait-ce un signe de destin ou simplement ma maladresse proverbiale ?" Mon esprit, tel un clown jonglant avec des balles, oscille entre anticipation et nervosité. Les scénarios catastrophiques se succèdent, mais un sourire en coin trahit mon amusement face à mes propres peurs.

La deuxième rencontre avec cet homme mystérieux, plus âgé que moi, fut comme une douce brise caressant mon âme tourmentée. Dans ce nouvel écrin de sérénité, un endroit paisible baigné d'un magnifique paysage, nous avons passé l'après-midi ensemble, échangeant des mots, des rires, des regards chargés de promesses comme la première fois avec cette même question : pour combien de temps ?

En le regardant, le monde semble soudainement se stabiliser. Son sourire est un phare dans la tempête de mes émotions, et je me sens étrangement en sécurité. Nos salutations sont naturelles, comme si nos âmes dansaient au rythme d'une mélodie familière. Il y a dans l'air une légèreté, une douceur qui enveloppe notre rencontre de tendresse. Chaque instant à ses côtés semble suspendu dans le temps, et je me suis surprise à souhaiter que cette parenthèse enchantée ne prenne jamais fin.

Je me sens si bien à ses côtés, si apaisée, que l'idée de partir me semble inconcevable. Pourtant, le temps s'écoule inexorablement, emportant avec lui ces précieux moments que nous partageons. Dans mon esprit, je me projette déjà dans un avenir où il serait toujours là, où nous serions ensemble, main dans la main, affrontant les aléas de la vie avec courage et amour.

Cet homme avait le pouvoir magique de faire renaître en moi des sentiments que je croyais enfouis à jamais. Il m'ouvrait les portes d'un bonheur que je n'avais jamais connu auparavant, même au sein de ma propre famille. Avec lui, je retrouvais cette innocence de l'enfance, où tout semblait possible, où chaque jour était teinté de couleurs vives et lumineuses.

Il avait le don rare de me faire sentir authentique, sans masque ni artifice. Contrairement à ma famille, où les démonstrations d'affection de ma part étaient rares et les mots doux une denrée précieuse, avec lui, je pouvais être libre de donner et de recevoir tout l'amour que mon cœur débordant avait à offrir sans barrière apparente.

Je sais que je suis une âme en quête d'amour, avide de tendresse et de connexion profonde. Je suis souvent en demande, assoiffée de ces mots doux, de ces gestes tendres qui sont pour moi le langage universel de l'amour. Et avec lui, je n'ai plus à retenir mes élans, à brider mes émotions. Je peux simplement être moi-même, vulnérable et authentique, sachant qu'il sera là pour m'accueillir et m'aimer tel que je suis.

Les moments de silence ne sont plus gênants, mais plutôt des pauses délicieuses où nos regards se croisent, chacun parlant un langage secret. Nos mots sont des pinceaux, peignant des tableaux de nos vies avec des couleurs vives et chatoyantes. Chaque rire partagé est une étoile qui s'allume dans notre ciel commun, créant une constellation d'instants mémorables.

En fin de compte, cette deuxième rencontre n'est pas une simple répétition de la première, mais une symphonie nouvelle où chaque note est une découverte. Les papillons dans mon estomac se transforment en une danse joyeuse, et les clowneries de mes pensées cèdent la place à une sérénité souriante. L'inconnu n'est plus un étranger, mais un compagnon de route, avec qui j'ai hâte de continuer cette belle aventure.

Au fil des rencontres, l'idée de passer du temps à l'extérieur commençait à perdre de son attrait. C'était comme si nous avions atteint un stade où nous avions besoin de quelque chose de plus, quelque chose de plus authentique et de plus profond. C'est ainsi qu'il a décidé de me présenter à sa famille, dans l'intimité chaleureuse d'un restaurant familial.

Je me sens nerveuse, comme si je marchais sur des œufs, consciente que cet homme venait d'une bonne famille, avec des traditions et des attentes auxquelles je n'avais jamais été confrontée. Pourtant, j'ai décidé de faire face à mes craintes, de me mettre sur mon trente et un sans en faire des tonnes. Lorsque nous avons été accueillis par ses parents, j'ai senti le poids du regard, le jugement muet qui planait dans l'air en raison de notre différence d'âge. Pourtant, j'ai souri, j'ai serré des mains et j'ai essayé de paraître confiante, même si à l'intérieur, c'était un mélange de doutes et d'incertitudes.

La présence de sa grande sœur, accompagnée de son partenaire, n'a fait qu'accentuer ce sentiment. Je me sentais comme un intrus dans leur univers familial, une étrangère qui n'avait pas tout à fait sa place autour de cette table chargée d'histoires et de souvenirs partagés.

Nous avons bien mangé, échangé des banalités, mais malgré l'apparente convivialité, je me sentais seule au milieu de cette famille unie. Les questions tourbillonnaient dans mon esprit, remettant en question chaque décision, chaque pas que nous avions franchi jusqu'à présent. Était-ce trop précipité de rencontrer sa famille si tôt dans notre relation ? Avions-nous franchi une limite invisible en faisant-ce pas ? Ces interrogations se mélangeaient à la saveur des plats délicieux, rendant chaque bouchée un peu plus amère. Et puis, lorsque la soirée prit fin et que je rentrai chez moi, ces questions continuèrent de tourmenter mon esprit, comme des fantômes invisibles qui refusaient de me laisser en paix.

Je me suis dit : "Tu es foutu. Sois c'est ta meilleure histoire, sois ce sera ta pire et la plus triste histoire d'amour, et tu en souffriras énormément."

Pendant que l'homme dort paisiblement, la belle est tourmentée, elle a une charge mentale qui dépasse l'imaginable, plongée entre film et réalité, elle fait de sa vie un livre idéal bien loin du moment présent contrairement à l'homme qui lui n'a pas cette charge-là, la situation lui convient, il ne veut pas de cette mentalité, sinon il deviendra comme la belle.

Après un week-end rempli d'émotions, je reviens à mes jours banals de lycéenne perdue, comme si je devais réintégrer un univers parallèle. Les rires et les moments magiques passés avec lui flottent encore dans mon esprit, mais la réalité du lycée m'accueille sans ménagement, tel un seau d'eau froide en pleine figure.

Le lundi matin, le réveil sonne et je me lève avec la lourdeur d'un ours sortant d'hibernation. Les souvenirs du week-end me donnent un sourire rêveur, mais l'ombre des devoirs et des cours plane au-dessus de ma tête. En enfilant mes vêtements, je pense à notre dernière rencontre, à ses regards et à nos conversations enflammées. Chaque pensée de lui est comme une douce mélodie qui rend la routine un peu plus supportable.

En arrivant au lycée, je retrouve mes amis, mais je me sens légèrement décalée, comme si une partie de moi était restée là-bas, avec lui. Les discussions habituelles sur les devoirs et les profs semblent soudainement fades. Mon esprit vagabonde, revisite chaque moment partagé. Les couloirs du lycée paraissent plus étroits, plus oppressants comparés aux espaces ouverts de nos promenades.

Les heures passent, et je tente de me concentrer en classe, mais chaque mot du professeur se mélange à mes souvenirs. En histoire, je me rappelle nos discussions sur nos livres préférés ; en sciences, je pense à notre débat sur les étoiles et l'univers. Chaque matière devient une fenêtre ouverte sur nos conversations, et je me surprends à sourire sans raison apparente.

Mes amis commencent à remarquer mon changement d'attitude. "Tu as l'air différente, comme si tu étais ailleurs," me dit l'une d'elles avec curiosité. Je ris, en haussant les épaules, tentant de dissimuler la véritable source de mon état. Mais à l'intérieur, je bouillonne de sentiments contradictoires. Comment expliquer que je suis à la fois ici et ailleurs, que mon cœur est partagé entre la routine et l'extraordinaire ?

À la pause déjeuner, je m'isole un peu pour repenser à lui. Je sors mon téléphone, relisant nos derniers messages, ressentant à nouveau l'excitation de nos échanges. Chaque mot, chaque émoticône est une petite étincelle de bonheur qui éclaire ma journée monotone. La cafétéria bruyante disparaît, remplacée par le doux murmure de nos conversations passées.

Au fil de la semaine, je commence à m'adapter. La vie reprend son cours, et je m'efforce de me concentrer sur mes études. Pourtant, chaque soir, avant de dormir, je me laisse emporter par les souvenirs du week-end. Je repense à son sourire, à la chaleur de sa main dans la mienne, à nos fous rires partagés. Ces moments deviennent ma bulle de réconfort, un refuge où je puise de la force pour affronter le quotidien.

L'attente de nos prochains messages devient un rituel excitant. Chaque notification est comme une petite explosion de joie, chaque mot échangé un lien qui se renforce. Je sens que quelque chose de spécial se tisse entre nous, une connexion qui dépasse les simples mots.

Finalement, un nouveau week-end approche, et avec lui, l'espoir de le revoir. L'anticipation est à la fois douce et amère, marquée par l'impatience et les doutes. Je me demande si la magie de notre première rencontre peut se reproduire, si nos sentiments peuvent s'intensifier.

Le vendredi soir, je me prépare à nouveau, cette fois la nervosité est moins oppressante, remplacée par une excitation familière. Je suis prête à revivre ces moments précieux, à plonger à nouveau dans cet univers où tout semble possible.

La prochaine étape logique était de le présenter à ma famille. Ce fut une décision à la fois excitante et nerveuse. Je me demandais comment ils réagiraient à cette personne qui avait tant d'importance pour moi.

Le jour de la présentation, je me sentais comme un funambule sur un fil entre l'excitation et l'appréhension. Il est arrivé bien chic, déjà marquant des points avec sa politesse et son attention. En ouvrant la porte, j'ai ressenti une vague de fierté et d'angoisse simultanées. Ma famille l'a trouvé beau, grand, et surtout très poli.

Sa manière de se comporter, sa courtoisie et son charisme naturel ont rapidement dissipé les tensions initiales. Pendant le dîner, les conversations étaient fluides et naturelles. Il a su captiver l'attention de mes parents avec ses histoires et son humour.

Cependant, malgré cette harmonie apparente, une ombre planait sur notre bonheur. La différence d'âge entre nous devenait une source de préoccupation pour ma famille. Mes parents, après le départ de mon petit ami, ont exprimé leurs inquiétudes. "Il est plus âgé que toi, tu devrais réfléchir aux implications à long terme," m'a dit ma mère avec un ton sérieux. "Vous êtes à des étapes différentes de votre vie. Cela pourrait poser un problème à l'avenir."
Ces remarques ont planté une graine de doute dans mon esprit.

Malgré ces inquiétudes, mon amour pour lui restait fort. Nous avons abordé le sujet de la différence d'âge lors de nos conversations. Il a partagé ses propres préoccupations et ses espoirs pour notre avenir. Ses paroles réconfortantes et sa maturité m'ont aidée à voir au-delà des chiffres et à me concentrer sur notre compatibilité.

Nous avons décidé de ne pas laisser la différence d'âge devenir un obstacle insurmontable. Nous avons convenu de travailler ensemble pour surmonter les défis et de nous soutenir mutuellement dans nos aspirations et nos rêves. Chaque relation a ses propres obstacles, et la nôtre n'était pas différente. Ce qui importait, c'était notre engagement à naviguer ces eaux.

L'amour à travers mes yeux

Il y a des moments où l'amour se glisse dans les détails les plus simples, ceux que l'on ne remarque même pas tout de suite. À travers mes yeux, l'amour s'exprime dans ces instants éphémères, où il semble s'imposer comme une évidence, où il n'y a plus besoin de mots, juste la présence de l'autre qui suffit à rendre la vie plus douce, plus belle.

Je me souviens de ce soir-là, où nous étions tous les deux fatigués, les corps lourds d'une journée épuisante. Nos échanges se faisaient à travers des regards, comme si nos yeux parlaient un langage que nous seuls pouvions comprendre. Je me sentais apaisée, en sécurité, plongée dans la profondeur de tes yeux, où je pouvais lire une tendresse infinie. Les miens brillaient d'une lumière nouvelle, celle d'une envie irrésistible de se fondre dans ton regard. Dans ces moments-là, tout le reste disparaissait, comme si le monde s'arrêtait pour nous laisser savourer cet instant suspendu.

Et puis, il y avait ces éclats de rire qui surgissaient sans prévenir. Ils me ramenaient à l'insouciance de l'enfance, quand tout semblait plus léger et spontané. Ton rire illuminait la pièce, et, comme une enfant, je me laissais emporter, souriant bêtement, réalisant soudain la force de ce que nous vivions. C'était presque irréel, comme un rêve éveillé dont je ne voulais surtout pas me réveiller.

Je revois cette journée à la plage, le ciel était bleu et l'air salé remplissait mes poumons. Il faisait beau, et j'étais bien. Nous étions ensemble, simplement, sans chercher à être ailleurs. Le bonheur ne nécessitait rien de plus que le bruit des vagues et le soleil sur notre peau. Nous étions comme deux enfants insouciants, savourant le moment sans penser au lendemain.

À la maison, parfois, j'étais seule, devant la télévision, un plateau-repas sur les genoux. Pourtant, même ces moments-là avaient un goût différent, parce que je savais que quelque part, tu n'étais pas loin. Il y avait une chaleur dans cette solitude qui n'en était plus vraiment une. C'était étrange de se sentir comblée même en ton absence, comme si ton amour imprégnait l'espace autour de moi.

Je pense aussi à ce soir de fête avec ta famille, où nous avons laissé tomber les masques d'adultes pour redevenir des enfants. Tu m'as portée dans tes bras et nous avons ri à en avoir mal au ventre. Le bonheur était simple, comme une évidence. Je me disais que je n'avais besoin de rien de plus, que ce genre d'instants était le vrai luxe, le vrai sens de l'amour.

Je me souviens du jour où tu as rencontré ma famille, qui venait de loin. J'étais nerveuse mais aussi fière de te montrer à eux, fière de te présenter comme celui qui occupait tant de place dans mon cœur. J'avais cette impression étrange d'ouvrir une part de moi que je gardais précieusement, et j'étais contente de le faire pour toi. Tu savais trouver les mots, les gestes qui rassuraient, et j'étais heureuse de te voir à l'aise parmi eux, comme si tu avais toujours fait partie de la famille.

Et puis, il y avait ces moments si légers, comme nos sorties shopping. Je pouvais voir ton impatience, ton regard curieux lorsque j'essayais une nouvelle tenue. Ce n'était pas simplement pour voir ce que j'allais porter, c'était plus que ça. C'était l'excitation de découvrir une nouvelle facette de moi, de voir comment je me transformais à travers des vêtements, mais surtout, c'était ta façon de me montrer que tu me trouvais belle, peu importe ce que je portais.

À travers mes yeux, l'amour, c'était tous ces moments qui, pris séparément, pouvaient sembler banals, mais ensemble, formaient quelque chose de tellement plus grand, de tellement plus fort. C'était dans le regard, dans le rire, dans la fierté d'être à tes côtés. C'était dans la simplicité du quotidien et la magie de l'ordinaire. L'amour, pour moi, c'était ça. Une collection de souvenirs, une multitude d'instants qui, ajoutés les uns aux autres, construisaient l'histoire de deux êtres qui avaient trouvé en l'autre un miroir, un écho, un foyer.

Trois jours plus tard, il m'a emmenée rencontrer quelques-uns de ses amis dans un café. Dès que nous sommes entrés, je me suis sentie immédiatement comme une intruse. La différence d'âge entre eux et moi était évidente et marquée. Ils parlaient de sujets que je ne comprenais pas ou qui ne m'intéressaient pas, et chaque rire, chaque regard échangé semblait souligner à quel point je ne faisais pas partie de leur monde.

Rapidement, la conversation a pris une tournure désagréable. Ils ont commencé à insinuer que je n'étais pas faite pour être avec lui, soulignant mon jeune âge comme une incompatibilité insurmontable. Leurs mots étaient pleins de sous-entendus, et je pouvais sentir leur jugement peser sur moi. Mon chéri, assis à côté de moi, restait silencieux. Il ne disait rien pour me défendre, ne prenait pas ma part dans cette conversation qui ressemblait de plus en plus à un interrogatoire.

Le moment le plus humiliant est arrivé quand j'ai mentionné que j'étais encore au lycée. Les regards condescendants et les sourires moqueurs qui ont suivi ont été comme une gifle. À cet instant, j'ai réalisé l'énorme fossé qui nous séparait. Ils me voyaient comme une enfant, une gamine, pas du tout à la hauteur de leur monde adulte et sophistiqué.

Le silence de mon chéri était assourdissant. Son absence de soutien, alors que j'étais vulnérable et attaquée, m'a blessée profondément. Son indifférence m'a fait comprendre que mes efforts pour combler le fossé entre nous étaient vains.

En quittant le café, j'étais envahie par un mélange de colère et de tristesse. Les mots de ses amis résonnaient dans ma tête, mais plus encore, c'était son silence, son manque de défense qui me faisait le plus mal.

Même dans les endroits publics, il avait cette manière de ramener tout à moi, de m'inclure dans chaque conversation, de me faire sentir spéciale. Parfois, c'était touchant, d'autres fois un peu embarrassante, surtout lorsqu'il disait devant ses amis des choses comme : « Tu devrais t'habiller comme ça, c'est joli. » Il le faisait avec un sourire, l'air de complimenter, mais il y avait quelque chose d'inconfortable dans la façon dont il exposait ses préférences devant les autres, comme s'il façonnait une image de ce qu'il voulait que je sois.

Il y avait ces moments où, entourés de monde, je me sentais observée, comme s'il attendait que je réponde à ses attentes. Un compliment déguisé en suggestion, un regard appuyé qui attendait une réaction de ma part. Ce n'était pas toujours négatif, mais parfois je ne pouvais m'empêcher de me demander si c'était vraiment moi qu'il voyait, ou bien l'idée de ce que je devrais être. Parfois, je ressentais une pression silencieuse, cette attente de lui plaire, non seulement à lui, mais aussi à ceux qui nous entouraient.

Je me souviens d'un soir en particulier, lors d'une fête. Nous étions entourés de ses amis, et l'ambiance était à la légèreté, aux rires qui fusaient. À un moment, il m'a attirée à lui, passant un bras autour de ma taille, et il a dit à haute voix, presque comme une fierté : « Elle est magnifique, n'est-ce pas ? » Le compliment était là, bien sûr, mais j'avais l'impression d'être un trophée qu'il exhibait. Les regards étaient sur moi, et je me suis sentie soudainement très consciente de mon apparence, de ce que je portais, de la façon dont je devais me tenir. Je lui ai souri, mais une partie de moi se demandait si, en ces instants, je restais réellement moi-même, ou si je devenais celle qu'il attendait.

Quand nous étions seuls, tout semblait différent. Les moments d'intimité apportaient un autre genre de connexion, plus douce, plus vraie. Il n'y avait plus de spectateurs, plus de jugements. C'était juste nous, sans besoin de faire semblant. C'était à ces moments-là que j'avais l'impression de le voir tel qu'il était réellement, sans les artifices. Mais dès que nous étions de retour en société, c'était comme si une autre version de lui prenait le dessus, une version qui voulait montrer au monde qu'il avait réussi à m'avoir, à me façonner à son image.

Un autre souvenir me revient, celui d'une sortie en ville. Nous faisions les boutiques, et il me proposait de nouvelles tenues à essayer. Chaque vêtement avait une signification : « Ça, ça t'irait tellement bien », ou encore : « Tu serais magnifique dans cette robe. » Ses choix étaient souvent beaux, c'est vrai, mais c'était toujours lui qui décidait, qui orientait, qui savait ce qui serait le mieux pour moi. Je finissais par suivre ses suggestions, non par manque d'envie, mais parce qu'au fond de moi, j'avais cette envie de lui plaire, de ne pas le décevoir. Je commençais à me demander si mes goûts à moi avaient encore leur place, ou si j'étais en train de les laisser s'effacer derrière les siens.

Il m'arrivait de ressentir une étrange dualité : d'un côté, il y avait l'amour, l'attention qu'il me portait, cette manière de me montrer qu'il tenait à moi, qu'il voulait que je sois la plus belle à ses yeux. Et de l'autre, il y avait cette ombre de contrôle, ces attentes parfois implicites qui me faisaient douter de qui j'étais réellement.

Les moments avec lui n'étaient jamais anodins. Chaque instant était chargé d'une intensité qui oscillait entre le bonheur et l'inquiétude. Il y avait les moments doux, où il était tout simplement là, à me regarder comme si j'étais la seule à exister. Et puis il y avait ces instants où je me sentais presque écrasée par l'image de la femme qu'il voulait que je sois. Une image qui, peu à peu, finissait par flouter la mienne.

J'ai commencé à ressentir un malaise subtil, mais constant. C'était comme si l'amour que je lui portais m'entraînait à me conformer à ce qu'il attendait de moi, au lieu de m'encourager à être moi-même. J'aimais les moments où nous étions en phase, où je pouvais me laisser aller sans avoir à me demander si cela correspondait à ce qu'il voulait. Mais ces moments devenaient de plus en plus rares, et j'ai commencé à me demander si, finalement, nous étions vraiment faits pour nous aimer tels que nous étions, ou si nous essayions simplement de correspondre à une image idéalisée de l'autre.

Ces souvenirs, bien qu'ils puissent paraître anodins, sont devenus des signaux que je ne pouvais plus ignorer. Des indices que, peut-être, l'amour que je vivais n'était pas aussi pur que je l'avais cru. C'était comme une bataille silencieuse pour préserver une part de moi qui risquait de disparaître dans cet amour exigeant.

Le week-end de l'anniversaire au château avait commencé sous les meilleurs auspices. Dès notre arrivée, j'avais ressenti cette excitation particulière, celle de découvrir un endroit magnifique et de partager un moment spécial avec lui. En choisissant ma robe ce matin-là, je voulais marquer le coup, me sentir belle et à l'aise dans ce cadre somptueux. Et quand il m'a vue, son sourire et ses compliments m'ont fait du bien. Il semblait fier de me présenter aux autres, et ses remarques sur les compliments de ses amies m'ont donné l'impression que, pour une fois, il était heureux de m'avoir à ses côtés. Pourtant, cette impression n'a pas duré.

Pendant le repas, tout a basculé. Les invités se sont intéressés à moi, mais pas de la manière que j'avais espérée. Les questions fusaient, et plus elles venaient, plus je me sentais comme un objet d'étude, un sujet de curiosité. Ils voulaient tout savoir : mon âge, mes études, ma vie, comme si ma présence devait être justifiée. Lui, en revanche, était occupé avec ses amis, plaisantant et discutant sans se soucier du malaise qui montait en moi. J'essayais de garder le sourire, de répondre poliment, mais je me sentais de plus en plus isolée, comme un élément de décoration que l'on a placé là sans trop réfléchir à sa place.

Après un moment, je n'en pouvais plus. J'avais besoin de m'éloigner, de prendre l'air et de retrouver un peu de calme. En marchant près de la piscine, j'ai aperçu un groupe de personnes qui s'amusaient dans l'eau. L'idée de les rejoindre m'est venue naturellement, presque comme une échappatoire. J'ai enfilé mon maillot de bain et je me suis laissé glisser dans l'eau fraîche, espérant que cela apaiserait le tourbillon de pensées dans ma tête. Je me suis allongée sur un transat, les yeux fermés, écoutant les rires lointains et le clapotis de l'eau, essayant d'oublier ce sentiment de ne pas être à ma place.

Pendant tout ce temps, il n'a pas remarqué mon absence. Il était resté avec ses amis, absorbé par leurs discussions, sans une seule fois se demander où j'étais passée. C'était comme si ma présence ou mon absence n'avaient aucune importance. Cela m'a fait mal, profondément. J'aurais voulu qu'il vienne me chercher, qu'il s'inquiète, qu'il me montre que j'avais de la valeur à ses yeux. Mais rien de tout cela n'est arrivé.

Le soir, alors que nous passions à table pour le dîner, l'atmosphère s'était un peu détendue. Sa mère, qui avait bu quelques verres, s'était mise à rire et à danser. Elle m'a attrapée par la main, m'entraînant avec elle dans une danse joyeuse et un peu désordonnée. J'étais touchée par son geste, heureuse qu'elle m'apprécie et qu'elle soit si chaleureuse avec moi. Nous avons ri ensemble, et l'espace d'un instant, j'ai retrouvé ce sentiment d'appartenance qui m'avait manqué plus tôt dans la journée.

Pourtant, alors que je dansais avec sa mère, je jetais des regards vers lui, espérant qu'il viendrait à son tour m'inviter à danser. Mais il n'a pas bougé. Il m'a regardée de loin, sans faire un geste pour se joindre à nous, comme si cette scène ne le concernait pas. Cette indifférence m'a blessée plus que je ne voulais l'admettre. J'avais l'impression de faire partie d'un spectacle où je jouais un rôle, mais sans jamais vraiment compter pour lui.

Ce soir-là, une fois de plus, je n'ai pas trouvé le sommeil. Allongée dans le lit, les yeux fixés sur le plafond, je sentais un vide grandir en moi. J'aurais voulu lui parler, lui dire ce que je ressentais, mais les mots restaient coincés dans ma gorge. Il semblait si distant, si insensible à ce que je traversais. Le château, ses lumières, et toute cette fête qui continuait dehors semblaient à mille lieues de ce que je ressentais. Une profonde solitude m'étreignait, et je ne savais plus comment combler ce fossé qui se creusait entre nous.

Ce week-end au château, qui s'annonçait comme un conte de fées, m'avait finalement montré une autre facette de notre relation, une où l'amour et l'attention n'étaient pas toujours au rendez-vous.

Quand je l'ai embrassé je pensais à toi

Au fil des conversations, j'ai compris qu'il n'a jamais connu le vrai amour, alors que moi je pouvais lui donner. C'est une constatation amère, car même si je suis prête à tout pour lui, il est hanté par le souvenir d'une fille. Cette relation n'a duré qu'un été, mais elle est profondément ancrée dans son esprit, omniprésente dans son cœur.

Il essaie de me convaincre que je peux lui faire oublier cette fille, que je pourrais la remplacer. Il tente d'apaiser mes craintes, mais je sais que c'est une bataille perdue d'avance. Chaque fois qu'il parle d'elle, c'est comme s'il ravivait une flamme éteinte. Ses yeux brillent d'une lueur que je n'arrive pas à susciter en lui.

Je commence à ressentir une jalousie envers cette fille. Qui est-elle pour avoir laissé une telle empreinte sur lui ? Pourquoi elle et pas moi ? Il me parle d'elle comme si j'étais son ami, partageant des détails intimes de leur passé. Et moi, plongée dans l'irréalité, je laisse dire ce qu'il veut, cherchant à comprendre ce qui la rendait si spéciale. Chaque mot qu'il prononce alimente ma jalousie et mon désespoir.

J'essaie de lui montrer que je suis là pour l'écouter, pas pour lui prendre la tête. J'accepte ses confidences, ses souvenirs, espérant qu'un jour il se tourne vers moi. Je m'efforce de rester forte, de ne pas montrer combien ses paroles me blessent. Mais chaque récit de leur passé est comme une lame qui s'enfonce un peu plus dans mon cœur.

Même en sa présence, je me sens invisible, éclipsée par le fantôme de cet amour passé. Je fais de mon mieux pour être patiente, compréhensive, mais la douleur de cet amour non réciproque est insupportable. Je suis là, à ses côtés, mais il ne me voit pas vraiment. Son esprit est ailleurs, perdu dans les souvenirs d'un été lointain.

Je dois faire face à la réalité : parfois, l'amour ne suffit pas. Je ne peux pas effacer cette fille de sa mémoire, ni remplacer les moments qu'ils ont partagés. Il faut du temps pour guérir de telles blessures, et peut-être même que ce temps ne viendra jamais. Pourtant, je continue d'espérer, de l'aimer, de me tenir à ses côtés dans l'espoir qu'un jour, il puisse voir en moi ce qu'il a vu en elle.

Après de nombreuses réflexions concernant les doutes entourant cette fille mystérieuse, j'ai pris une décision que je croyais être la meilleure pour nous deux. Je pensais qu'il devait la voir pour répondre à ses questions et ainsi tirer un trait définitivement sur elle. En lui permettant de la revoir, je voulais lui prouver que j'avais confiance en lui, que je savais qu'il ne me ferait pas de mal, et que je savais faire la part des choses. J'espérais l'accompagner dans les pires moments comme dans les meilleurs et lui montrer que j'étais une personne mature.

Un soir, après des jours d'angoisse et de réflexion, j'ai pris mon courage à deux mains et je lui ai dit : "Je t'autorise à la voir, mais à une condition : que je me sente rassurée et en confiance." Au début, il était réticent. Il m'a dit que cela ne se faisait pas, ce dont j'étais bien consciente. Mais sa réticence en disait long sur la situation, comme s'il considérait le fait de la voir malgré l'interdiction, c'était un signe qui n'augurait rien de bon. Pourtant, je ne voulais pas voir les signaux d'alerte, j'étais convaincue que montrer ma confiance renforcerait notre relation.

Je me suis couchée ce soir-là avec une boule d'angoisse dans le ventre.

Deux jours plus tard, le jour tant attendu arriva si vite. Il m'a envoyé un message pour me dire qu'il allait bientôt la voir, qu'il était sur la route. Pendant ce temps, j'essayais de m'occuper l'esprit, mais l'angoisse montait de plus en plus. Une heure passe sans nouvelles, et un sentiment d'inconfort survient. La seule condition que je lui avais demandée n'avait pas été respectée. Deux heures passent, je lui envoie un message pour avoir des nouvelles, mais il ne répond pas. Trois heures, quatre heures... Il n'y avait plus de doute.

Enfin, je reçois une notification avec juste un "désolé". Je l'appelle immédiatement, la colère me submerge en premier, puis viens l'effondrement. Mes amies viennent me réconforter, mais ce soir-là, je n'ai pas dormi et je me suis interdit de lui envoyer des messages. La douleur de la trahison était insupportable.

Le lendemain, il est revenu, essayant de me faire culpabiliser. Il me disait que si j'étais encore froide et distante, il ne pourrait pas continuer la relation. Il insistait pour que je le pardonne. Ce jour-là, il était en bas de chez moi avec une rose éternelle et un grand sourire.

Lorsqu'il m'a finalement avoué la vérité, il m'a dit : "Quand je l'ai embrassée, je pensais à toi." Cette confession m'a brisé le cœur. Comment pouvait-il dire qu'il pensait à moi tout en trahissant notre relation de cette manière ? C'était comme une lame qui s'enfonçait encore plus profondément dans ma plaie. Ses mots résonnaient en boucle dans ma tête, amplifiant ma douleur et mon sentiment de trahison.

Je me retrouvai dans un tourbillon d'émotions contradictoires. La colère, la tristesse, la déception se mêlaient à l'amour que je ressentais toujours pour lui. Je savais que pardonner une telle trahison ne serait pas facile, mais je voulais comprendre pourquoi il avait agi ainsi. Qu'avait-elle de si spécial pour qu'il mette en péril notre relation ?

Mes amies me conseillèrent de prendre du recul, de ne pas céder à la pression qu'il me mettait. Elles me rappelaient ma valeur et l'importance de ne pas me laisser manipuler. Malgré tout, l'amour que je ressentais pour lui compliquait tout. Comment pouvais-je lui tourner le dos alors que chaque fibre de mon être aspirait à être avec lui ?

Nous avons décidé de nous donner une chance de reconstruire notre relation. Il promit que cela ne se reproduirait plus, qu'il avait besoin de cette expérience pour comprendre ses sentiments et se rendre compte de ma valeur. Je voulais tellement le croire, mais une partie de moi restait méfiante. Accepter ses excuses signifiait entamer un long chemin de reconstruction de la confiance, un chemin semé d'embûches et de doutes.

Petit à petit, je me suis dit qu'il avait fallu cette déviation, cette tromperie pour qu'il se rende compte de ma valeur et de ce qu'il avait. C'était une pensée douloureuse, mais quelque part, elle m'apportait une forme de réconfort. Si cette expérience pouvait renforcer notre relation, alors peut-être en valait-elle la peine.

Rebâtir une relation après une telle trahison n'était pas facile. Chaque jour, je luttais contre les souvenirs de cette nuit, contre la douleur de ses mensonges. Mais j'essayais de lui donner une chance, pour nous, pour notre amour. Nous avons décidé de prendre les choses lentement, de réapprendre à nous faire confiance.

Avec le temps, j'ai compris que la trahison n'efface pas les sentiments, mais elle les transforme. Nous avons dû réécrire les règles de notre relation, poser des bases plus solides. Malgré les doutes et les peurs, nous avons choisi de continuer ensemble, de tourner cette page sombre pour en écrire une nouvelle, pleine de promesses et d'espoir.

En fin de compte, ce chapitre de notre vie nous a montré que même les moments les plus sombres peuvent conduire à une lumière nouvelle. Nous avons choisi de marcher ensemble, main dans la main, avec l'espoir d'un avenir meilleur, basé sur la confiance retrouvée et l'amour sincère.

Le combat intérieur que je mène est épuisant. J'oscille entre l'amour profond que je ressens pour lui et la conscience croissante que je suis peut-être en train de m'égarer dans une relation destructrice. Le temps seul pourra dire si j'ai eu raison de lui donner une seconde chance ou si j'ai été aveuglée par mes sentiments.

Je voulais t'aider, mais tu as préféré t'ouvrir et te faire aider par une autre. Cette décision, cet acte de détourner ta douleur vers une autre personne, a brisé quelque chose en moi. J'étais prête à tout pour toi, à porter le poids de tes souffrances, à être ton refuge. Mais tu as choisi de t'éloigner, de trouver du réconfort ailleurs. Cela m'a laissé démunie, avec un sentiment de rejet profond. Pourquoi n'étais-je pas suffisante pour toi ?

J'ai voulu te redonner confiance, mais j'en ai perdu la mienne. En essayant de te sauver, je me suis perdue. Chaque tentative de te rassurer, de te montrer que tu pouvais encore croire en l'amour, en nous, a érodé un peu plus ma propre certitude. J'ai investi tout ce que j'avais dans cette quête, et en retour, je n'ai reçu que des doutes et des incertitudes.

Aujourd'hui, je dois réapprendre à croire en moi, à reconstruire cette confiance que j'avais si généreusement donnée. Ces moments de tromperie, de désillusion, m'ont transformée. Ils m'ont forcée à confronter des réalités cruelles, à accepter que l'amour ne suffit pas toujours, que parfois, même les intentions les plus pures peuvent mener à des chemins sombres. Pourtant, malgré la douleur, je sais que ces expériences m'ont rendue plus forte. Elles m'ont enseigné des leçons précieuses sur la résilience, la nécessité de se protéger et de ne jamais perdre de vue sa propre valeur. Chaque mot, chaque geste que je fais maintenant est teinté de cette nouvelle conscience. Je ne suis plus la même personne, et c'est à la fois une bénédiction et une malédiction. Je dois naviguer dans ce nouveau paysage émotionnel, trouver un équilibre entre la méfiance et la capacité de s'ouvrir à nouveau. Peut-être qu'un jour, je retrouverai le désir d'aimer, peut-être qu'un autre saura rallumer cette flamme éteinte.

Tu m'as enlevé le désir d'en aimer un autre... Ces mots résonnent comme une sentence dans mon cœur. Avant toi, l'amour était une promesse d'espoir, un horizon plein de possibilités. Mais aujourd'hui, ce désir est éteint, étouffé par la trahison. Chaque sourire, chaque regard que je pourrais porter à un autre est terni par le souvenir de ta déception. Comment pourrais-je faire confiance à nouveau quand la personne en qui j'avais le plus confiance m'a fait tant de mal ?

Je savais qu'il continuait de la voir, mais je préférais être dans le déni. C'était plus facile que d'affronter la réalité cruelle de son infidélité. Chaque soir, je l'attendais avec une angoisse grandissante, espérant contre toute logique qu'il choisirait finalement de rester avec moi. Mon esprit créait des excuses, des justifications pour son comportement. "Il a simplement besoin de temps," me disais-je, fermant les yeux sur les évidences qui se multipliaient.

Je m'interdisais de fouiller dans son téléphone. Je voulais préserver une illusion de confiance, maintenir l'apparence d'une relation saine et normale. Mais cette façade se fissurait peu à peu. Les soupçons se transformaient en obsessions, et chaque notification, chaque appel manqué devenait une source d'anxiété. Je m'accrochais à l'idée que l'ignorance était une forme de protection, que tant que je ne savais pas, il y avait encore une chance.

Mais le déni n'a pas pu tenir éternellement. La jalousie a commencé à s'infiltrer, insidieuse et destructrice. Elle a érodé ma paix intérieure, transformant l'amour en une bataille constante contre mes propres insécurités. Chaque sourire qu'il adressait à une autre, chaque moment où il s'éloignait sans explication devenait un coup de poignard. La jalousie m'a fait perdre toute perspective, toute capacité à penser rationnellement.

Quand je l'ai embrassé, je pensais à toi. Ce baiser, censé être un moment de tendresse et de connexion, était imprégné de douleur et de trahison. Je cherchais à retrouver un sentiment de sécurité, à m'accrocher à ce qui restait de notre amour. Mais en réalité, je ne pouvais m'empêcher de penser à toutes les fois où il avait embrassé une autre, où il avait partagé avec elle les moments qui auraient dû nous appartenir.

Le baiser était amer, un mélange de désespoir et de résignation. Je savais que malgré mes efforts pour ignorer la vérité, elle restait implacable. Notre relation s'effritait, et chaque tentative de rapprochement ne faisait que révéler davantage les fractures entre nous. Mon cœur, jadis rempli d'amour et de confiance, était maintenant un champ de bataille, où l'espoir et la désillusion s'affrontaient sans relâche.

Je me souviens des nuits passées à pleurer en silence, à me demander pourquoi je ne pouvais pas simplement tourner la page, pourquoi je restais attachée à quelqu'un qui ne méritait plus mon amour. La jalousie m'avait rendue prisonnière, incapable de voir au-delà de la douleur présente. Je pense qu'il a été déçu de ses anciennes relations car il ne m'emmenait jamais au restaurant, ne m'amenait jamais des fleurs, ne me faisait jamais de surprise. Pendant longtemps, j'ai essayé de comprendre ses réticences, de me convaincre que l'absence de gestes romantiques était simplement une question de personnalité ou d'expérience passée.

Pourtant, chaque jour où il ne faisait aucun effort pour montrer son affection, je sentais un fossé se creuser entre nous. Les rares moments de tendresse semblaient contraints, comme s'il exécutait une tâche plutôt qu'un acte spontané d'amour. Son comportement me faisait me demander si je comptais vraiment pour lui ou si j'étais simplement une présence confortable dans sa vie. Cette insécurité me rongeait, mais j'avais décidé de lui donner le bénéfice du doute, de croire en une éventuelle transformation.

Cette transformation est survenue d'une manière que je n'avais jamais imaginée. Après m'avoir trompée, il a semblé se réveiller d'un long sommeil. Soudainement, il m'offrait une rose, il m'emmenait au restaurant, organisait des sorties et des surprises, comme s'il essayait de compenser de ses erreurs passées. Ces gestes tardifs étaient autant des tentatives de rachat que des rappels douloureux de sa trahison.

Un samedi chez lui, après une journée passée ensemble, il m'a proposé de sortir pour boire un verre dans un mas. Le soir était parfait, la température idéale, et l'endroit absolument splendide. Pour la première fois depuis longtemps, je me suis sentie presque apaisée, comme si ces moments de bonheur pouvaient effacer les cicatrices laissées par ses infidélités.

Cependant, cette paix fut de courte durée. Assis là, sous le ciel étoilé, entourés par la beauté du lieu, il a commencé à parler d'elle. Ses mots, involontairement cruels, ont transformé l'atmosphère idyllique en un cauchemar éveillé. Chaque mention de son nom, chaque allusion à leur passé commun, était comme un coup de poignard dans mon cœur déjà fragile. Je n'avais qu'une envie : partir, quitter cet endroit où les souvenirs de sa trahison étaient ravivés par ses paroles. L'endroit magnifique où j'avais espéré trouver un peu de réconfort s'était transformé en une prison émotionnelle. Mon esprit était tiraillé entre le désir de le confronter et la nécessité de préserver ma dignité. La soirée, qui avait commencé comme une tentative de réconciliation, s'était terminée en un rappel brutal de l'insurmontable distance qui nous séparait.

Quand je l'ai embrassé ce soir-là, je pensais à toi. Le baiser, censé être un pont entre nos âmes blessées, était en réalité une barrière infranchissable. Mon cœur, marqué par les blessures de son infidélité, ne pouvait plus ressentir la même passion, la même connexion que nous avions autrefois partagée. Chaque contact de ses lèvres me rappelait ce que nous avions perdu et ce que nous ne pourrions jamais retrouver.

Il était clair que ses gestes romantiques, aussi sincères qu'ils pouvaient paraître, n'étaient qu'une tentative désespérée de réparer un vase déjà brisé. Les fissures dans notre relation étaient trop profondes pour être comblées par des sorties ou des fleurs. Chaque sourire forcé, chaque moment partagé dans l'illusion de la normalité, ne faisait que souligner l'inévitable vérité : nous étions irréparablement endommagés.

En rentrant chez lui ce soir-là, le silence entre nous était lourd, rempli de mots non-dits et de ressentiments non exprimés. Chaque pas semblait nous éloigner un peu plus l'un de l'autre, chaque moment partagé semblait volé à une relation en sursis. Je savais que la fin était proche, que notre histoire touchait à sa conclusion, non pas dans un éclat de passion, mais dans un murmure de désillusion.

Quand je l'ai embrassé, je pensais à toi. Mais ce n'était plus le même « toi » que j'avais aimé autrefois. C'était un toi façonné par la douleur, la trahison et la désillusion. Et en embrassant cet autre, je savais que je devais finalement embrasser mon propre futur, un futur sans toi.

Le plaisir du mal

Il est difficile de reconnaître les signes d'une relation toxique, surtout lorsque l'on est profondément amoureux. J'étais convaincue que notre amour pouvait surmonter toutes les épreuves. Pourtant, au fil du temps, la manipulation et la toxicité ont pris racine, transformant notre relation en un piège insidieux. Ce chapitre de ma vie, marqué par la violence physique et psychologique, révèle à quel point j'étais aveuglée par mes sentiments et la douleur que cela a engendré.

Au début, notre relation semblait passionnée et intense. Je confondais son contrôle et sa possessivité avec de l'amour.
Il savait comment me faire sentir spéciale, mais aussi comment me faire douter de moi-même. Les premiers signes de manipulation étaient subtils : il critiquait mes choix, remettait en question mes décisions et me faisait sentir coupable pour des choses insignifiantes. Je pensais que c'était normal, que c'était sa façon de m'aimer.

Au début, c'étaient des suggestions anodines : "Tu devrais t'habiller comme ça, ce serait mieux pour toi." Puis, progressivement, ces remarques se transformaient en critiques acerbes. Il me faisait détester mon propre style vestimentaire. J'ai tout changé pour lui plaire. "Regarde comment elle s'habille bien," disait-il. "Tu devrais t'inspirer d'elle." J'ai fini par perdre mon identité dans le miroir de ses attentes.

Ensuite, c'était mon corps qui devenait la cible de ses attaques. "Tu devrais faire du sport et perdre un peu de poids," me répétait-il sans cesse. Chaque remarque, chaque insinuation s'insinuait dans mon esprit, me poussant à croire que je n'étais pas assez bien, pas assez belle. Le plaisir qu'il semblait prendre à me voir me conformer à ses désirs était palpable. Chaque kilo perdu, chaque nouvelle habitude adoptée était un pas de plus vers son contrôle total sur moi.

Avec le temps, son emprise devenait de plus en plus forte. Il ne s'agissait plus seulement de mes choix vestimentaires ou de mon apparence physique. Il critiquait mes amis, me poussait à m'éloigner d'eux, à ne plus leur faire confiance. "Ils ne t'aiment pas autant que moi," murmurait-il, plantant la graine du doute. Mes décisions, mes goûts, tout ce qui faisait de moi une personne unique étaient constamment remis en question. Chaque commentaire, chaque critique semblait destiné à me diminuer, à m'affaiblir.

Il y avait une jouissance perverse dans son comportement. Voir l'effet de ses mots sur moi, observer ma transformation selon ses désirs lui procurait une satisfaction palpable. Il tirait du plaisir à me voir douter de moi-même, à me voir chercher désespérément son approbation. Ce n'était plus de l'amour, c'était une domination déguisée en affection.

La prise de conscience fut lente et douloureuse. Au début, je me convainquais que tout cela était pour mon bien, que ses critiques étaient constructives. Mais un jour, j'ai réalisé que je n'étais plus moi-même. J'étais devenue une version altérée, déformée par ses attentes et ses manipulations. Ce n'était pas de l'amour, c'était une forme insidieuse de malveillance, un plaisir cruel à me voir souffrir et changer pour lui.

À un moment donné, j'en ai eu assez de ne pas voir mes amies. L'envie de faire la fête me rongeait, et mes amies m'ont proposé d'aller en boîte de nuit. Au début, j'étais réticente, craignant la réaction de mon chéri, mais la tentation était trop forte. J'avais besoin de m'évader, de retrouver une part de moi-même que j'avais mise de côté depuis trop longtemps.

Je lui ai parlé de cette soirée, espérant qu'il comprenne mon besoin de m'amuser. Mais il a fermement refusé, disant que les boîtes de nuit n'étaient pas des endroits fréquentables. Malgré son opposition, j'ai décidé d'y aller quand même. La soirée était censée être une échappatoire, un moment pour moi, loin de ses jugements et de ses attentes.

Même en boîte, mes pensées revenaient sans cesse à lui. Chaque morceau de musique, chaque rire, chaque danse me rappelait son absence. Pour tenter d'oublier, j'ai enchaîné les verres. À un moment, l'idée de le tromper m'a traversé l'esprit, une sorte de vengeance pour ce qu'il m'avait fait. Mais je n'ai pas pu, mes sentiments pour lui étaient trop forts, et ma loyauté envers notre relation l'emportait sur la rancœur.

Les verres se sont succédé, et tout est devenu flou. Le monde tournait autour de moi, et la dernière chose dont je me souviens, c'est d'avoir perdu pied. Je me suis réveillée dans un hôpital, les lumières blanches et les bips des machines m'accueillant dans une réalité brutale. J'avais fait un coma.

Mon père était fou de rage. Il avait du mal à contenir sa colère, déçu de me voir dans un tel état. Ma mère est venue me chercher, son visage marqué par l'inquiétude et la tristesse. À la maison, je me suis reposée, essayant de rassembler les morceaux épars de cette nuit chaotique.

Mon chéri est venu me voir, l'air inquiet. Contrairement à mes craintes, il ne m'a pas fait de reproches. Son comportement m'a surpris, presque comme s'il comprenait que j'avais besoin de cette escapade, même si elle s'était mal terminée. Son soutien silencieux a été réconfortant.

Quelques jours plus tard, la confrontation avec mon père a été inévitable. Sa colère n'avait pas diminué, et il m'a punie sévèrement. Plus de sorties, plus de visites chez mon chéri. Si je voulais le voir, il devrait venir chez moi. Cette restriction m'a frustré au plus haut point. Je me sentais comme une prisonnière, privée de ma liberté à cause d'une erreur de jugement lors d'une nuit d'égarement.

La colère bouillonnait en moi contre mon père. Je savais que j'avais déconné, mais sa punition me semblait injuste et disproportionnée. Il ne comprenait pas les pressions que je subissais, les sentiments contradictoires qui m'envahissaient. Son autorité me pesait, et je ne voyais pas comment lui faire comprendre que j'avais besoin de retrouver une part de ma liberté, même si cela signifiait parfois commettre des erreurs.

Chaque jour sous cette punition était un rappel de mes actions et de leurs conséquences. Mais c'était aussi une période de réflexion. J'ai compris que j'avais besoin de réévaluer mes priorités, de trouver un équilibre entre ma loyauté envers mon chéri et mon besoin d'indépendance. J'avais besoin de grandir, de devenir plus forte, pour ne plus jamais me retrouver dans une telle situation.

La réconciliation avec mon père a été difficile, mais nécessaire. Il fallait que je prouve que j'avais appris de mes erreurs, que je pouvais être responsable. Cette expérience m'a marquée profondément, mais elle m'a aussi forgée, me donnant la force de prendre les décisions nécessaires pour mon bien-être futur.

Comprendre sa manipulation fut le premier pas vers ma libération. Il fallait que je retrouve mon identité, que je me réapproprie ce que j'avais perdu. La route fut longue et semée d'embûches, mais chaque pas vers l'indépendance était une victoire sur le plaisir du mal qu'il prenait à me contrôler. Reprendre le contrôle de ma vie, redécouvrir ce qui me rendait unique, ce fut ma plus grande revanche sur ses tentatives de domination.

Avec le temps, la violence est devenue plus fréquente et plus intense. Les bleus sur mon corps et les actes sexuels forcés auxquels je disais non, mais qu'ils faisaient quand même. Chaque acte de violence était suivi de moments de tendresse et de regret de sa part, créant un cycle vicieux dont je ne pouvais pas m'échapper. Il savait exactement comment me faire croire que c'était ma faute, que je l'avais poussé à bout.

Un jour, j'ai montré les marques de ses mains sur mon corps à ma meilleure amie. Elle était horrifiée et m'a supplié de le quitter. J'ai choisi de rester avec lui, et j'ai perdu ma meilleure amie. Sa perte était un prix que je payais pour mon aveuglement et ma dépendance à cette relation toxique.

Chaque fois que je pensais à partir, il trouvait un moyen de me retenir. Il me promettait de changer, me disait qu'il m'aimait plus que tout et que nous étions faits pour être ensemble. Il me faisait sentir coupable, me rappelant tous les moments heureux que nous avions partagés. J'étais piégée dans un cycle de manipulation émotionnelle dont je ne pouvais pas me libérer. J'étais devenue dépendante de ses mots doux et de ses promesses, malgré la douleur qu'il me causait.

Il y avait des moments de lucidité où je réalisais que cette relation me détruisait. Je voyais les marques sur mon corps, je ressentais la douleur et je pleurais les nuits où je me sentais si seule. Mais ces moments étaient vite balayés par ses promesses de changement et son amour intense. Je me disais que je pouvais le sauver, que notre amour était plus fort que tout. J'étais aveuglée par l'espoir et la peur de partir.

À l'extérieur, j'essayais de montrer que tout allait bien. Je souriais, je prétendais être heureuse, mais à l'intérieur, je me sentais brisée. Même mes proches m'ont dit que depuis cette rencontre j'étais devenue resplendissante mais s'ils savaient que je cachais mes bleus...

J'évitais les questions embarrassantes. J'étais prisonnière de mon propre silence, incapable de demander de l'aide ou de reconnaître la gravité de ma situation.

Peu à peu, j'ai perdu qui j'étais. J'étais devenue une version de moi-même que je ne reconnaissais plus. Mes rêves, mes ambitions, mes amitiés étaient tous sacrifiés pour cette relation destructrice. Il avait réussi à me convaincre que je ne valais rien sans lui, que je n'étais personne sans son amour. Cette dépendance émotionnelle m'a transformée en une personne que je ne voulais pas être, mais que je ne savais plus comment quitter.

Un jour, quelque chose en moi s'est brisé. J'ai regardé mon reflet dans le miroir et j'ai réalisé que je ne pouvais plus continuer ainsi. J'étais fatiguée de me battre pour une relation qui me détruisait. J'ai commencé à voir la vérité derrière ses mots, à reconnaître la manipulation et la toxicité. Mais même alors, partir semblait une montagne insurmontable.

Face à cette violence répétée, je n'ai pas pu tolérer. A ce moment- là, j'ai pris une décision immédiate de ne plus accepter de telles actions. Je lui ai parlé directement, sans détour, par rapport à la fois précédente où j'avais essayé de minimiser l'impact de ses gestes. J'ai exprimé clairement et fermement que ce comportement était inacceptable, que je ne l'aimais pas comme ça, et que cela me faisait du mal.

Sa réaction a été prévisible, mais non moins déconcertante. Il a répété ses mots habituels, affirmant que j'aimais ça, que c'était un jeu pour moi. Mais cette fois, je n'ai pas cédé à ses manipulations. Je lui ai répété que non, que je ne tolérais pas cela, que cela me blessait profondément. J'ai pleuré, non pas de douleur physique, mais de la tristesse et de la frustration de devoir encore affronter cette situation.

C'est à ce moment-là que j'ai ressenti un déclic en moi. Malgré ma peur de sa réaction, de son éventuelle violence, j'ai retrouvé ma détermination. J'ai compris que je ne pouvais pas continuer à vivre dans la peur, à être manipulée et contrôlée. J'ai commencé à raviver mon caractère, à retrouver ma voix intérieure qui me disait que je méritais mieux que cela.

Ce moment a marqué un tournant dans notre relation. Bien que la route vers la liberté et le bonheur soit encore longue et semée d'obstacles, j'ai retrouvé une partie de moi-même que j'avais perdue dans l'ombre de sa domination. Je refuse désormais de sacrifier ma dignité et mon bien-être pour un amour qui me détruit. Ce déclic a été le début de ma résilience, de ma lutte pour sortir de cette relation toxique et retrouver ma liberté.

Quelques temps plus tard, il en avait assez de me voir fumer. Il trouvait cela dégoûtant qu'une femme fume, et il me l'a clairement fait savoir : si je n'arrêtais pas, il me quitterait. Ce n'était pas une simple suggestion, mais un ultimatum. Son regard de dégoût et ses mots tranchants me laissaient sans autre choix que de me conformer à sa volonté.

La cigarette était devenue une sorte d'échappatoire pour moi, un moyen de gérer le stress et les émotions. Mais la peur de le perdre était plus forte. Je savais qu'il ne plaisantait pas et que notre relation ne survivrait pas à ma dépendance. Alors, j'ai pris la décision d'arrêter, non pas pour moi, mais pour lui.

Le chemin vers l'abstinence a été semé d'embûches. J'ai opté pour les patchs à la nicotine, espérant qu'ils m'aideraient à surmonter le manque. Chaque jour était une lutte contre l'envie de reprendre une cigarette, une bataille constante contre les habitudes ancrées en moi. Le moindre stress, la moindre contrariété faisaient resurgir l'envie de fumer.

Ce qui rendait cette épreuve encore plus ardue, c'était le manque total de soutien de sa part. Il n'y avait aucun mot d'encouragement, aucune motivation. Il semblait penser que son ultimatum suffirait à me faire arrêter, sans réaliser à quel point c'était difficile pour moi. Chaque jour, j'espérais un geste de sa part, un signe qu'il comprenait et appréciait l'effort que je faisais pour notre relation, mais rien ne venait.

Sa froideur et son indifférence me pesaient lourdement. J'avais l'impression de mener cette bataille seule, de sacrifier une part de moi-même sans rien recevoir en retour. Cela me faisait remettre en question la nature de notre relation. Était-il vraiment juste de devoir changer pour lui, sans qu'il fasse preuve de la moindre compréhension ou soutien ?

Malgré tout, j'ai persévéré. Chaque jour sans cigarette était une petite victoire, un pas de plus vers la liberté, même si cette liberté était dictée par ses exigences. En luttant pour arrêter de fumer, j'ai aussi commencé à voir plus clairement la dynamique de notre relation. Je réalisais que pour être véritablement heureuse, je devais aussi penser à moi et à mes propres besoins.

Mon chéri m'a appelé un après-midi, me disant qu'une copine à elle nous laissait son appartement. L'idée m'a semblé intéressante. Peut-être que ce changement d'air nous ferait du bien, et je me suis dit que ça pourrait être une occasion de nous rapprocher.

Nous sommes arrivés à l'appartement, et dès que nous avons franchi la porte, une vague d'émotions m'a submergée. J'avais tellement de choses sur le cœur, des sentiments refoulés qui cherchaient désespérément à sortir. J'ai essayé de contenir mes émotions, mais en vain. La pression était trop forte. Finalement, je n'ai pas pu me retenir plus longtemps.

Les mots ont commencé à jaillir de ma bouche, mais ils étaient brouillés par les sanglots. Puis, sans crier gare, une énorme crise d'angoisse m'a envahie. J'avais du mal à respirer, ma vision devenait floue, et mon corps tout entier tremblait. Mon chéri était désemparé, il ne savait pas quoi faire. La panique se lisait sur son visage.

Il était en pleurs, s'excusant encore et encore, mais je ne pouvais plus rien entendre. J'étais comme engourdie, perdue dans une mer de désespoir. Lorsque j'ai enfin commencé à reprendre mes esprits, aucun son ne sortait de ma bouche. Les mots me manquaient. Lui, toujours en larmes, continuait de s'excuser, tandis que je m'éloignais de toute tentative d'approche de sa part.

Cette nuit-là, j'ai refusé de le laisser me toucher. Je me suis tournée de l'autre côté du lit, dormant dos à lui, une barrière invisible mais palpable entre nous. Le silence pesait lourdement dans l'appartement, et malgré sa présence à mes côtés, je me sentais terriblement seule.

Le lendemain matin, l'atmosphère était glaciale. Nous étions tous les deux froids, murés dans notre silence respectif. Aucune parole ne pouvait alléger la tension palpable. Plus tard dans la journée, il a tenté de se rapprocher de moi, essayant d'apaiser le fossé qui s'était creusé entre nous. Mais j'ai refusé. Pour une fois, il a respecté mon refus sans s'énerver, sans insister. Cela m'a surprise. C'était une première. Pour la première fois, il semblait faire preuve de respect envers mes sentiments, me montrant qu'il avait peut-être des sentiments plus profonds qu'il ne l'avait laissé paraître jusqu'alors.

J'en avais marre de me battre pour quelqu'un qui ne voulait pas forcément de moi, ou bien cela dépendait de ses humeurs. Un jour, il semblait m'apprécier, et le lendemain, il se montrait distant et indifférent. Cette instabilité émotionnelle me laissait souvent confuse et blessée. Malgré tout, je l'aime profondément, et c'est là que réside le problème. Comme on dit, l'amour rend aveugle, eh bien oui, l'amour rend aveugle car il est parfois au-dessus de tout.

L'amour, en effet, peut surpasser toutes les autres considérations et nous mener à des comportements irrationnels. Cette passion aveuglante m'a poussée à négliger mes propres besoins et désirs, toujours prête à sacrifier mon bonheur pour le sien. J'aurais pu tout faire pour lui, même les choses les plus folles, parce que j'écoute mon cœur au lieu d'écouter ma raison. Mon cœur prend souvent le dessus sur ma raison, me poussant à des décisions irréfléchies.

J'ai accepté des compromis que je n'aurais jamais envisagés pour quelqu'un d'autre. Je me suis pliée à ses caprices et à ses exigences, espérant toujours qu'il finirait par me choisir de manière inconditionnelle. Mais chaque jour, je réalisais de plus en plus que cet amour n'était pas réciproque, que mes efforts n'étaient pas reconnus à leur juste valeur. Pourtant, malgré cette prise de conscience, je continuais à m'accrocher à cet amour destructeur.

La fin de l'histoire

Je suis piégée, et mon cœur et mon cerveau se mélangent. J'essaye de faire l'idiote, de ne pas comprendre certaines choses, il y a des actes dont je suis totalement aveuglée. C'est alors que, depuis un moment, les appels et les messages perdent de leur intérêt. Je remarque de la distance de sa part, cela me questionne au point d'en parler à ma mère, chose que je n'avais jamais faite auparavant.

Il y a une phrase qu'elle m'a dite et qui m'a marquée : « Suis-moi, je te fuis, et fuis-moi, je te suis ». Alors, je me suis éloignée, j'ai pris de la distance, mais cela me mordait les doigts, car j'avais une seule envie : lui faire part de mes questionnements face à cette distance soudaine. Mais je me suis privée de cela, espérant qu'il ferait le premier pas vers moi.

Rien n'est venu. Lors d'un appel étrange où il était devant son écran, travaillant sur ses projets, faisant comme si je n'étais pas présente, j'ai levé la voix et lui ai dit ce que j'avais sur le cœur. Il m'a répondu qu'en ce moment, il priorisait ses projets plutôt que moi. J'ai senti qu'il n'en avait rien à faire de mes paroles. Alors, l'appel s'est terminé brusquement par un raccrochement de ma part. Je me suis endormie.

Le lendemain matin, après une nuit horrible, vint le moment où il devait venir pour un repas de famille. J'étais à presque une semaine de mes vacances et je me suis dit que ce repas serait l'occasion de parler avec lui de notre voyage. Je pensais que cela pourrait nous faire du bien de partir, de sortir de notre zone de confort et de nous retrouver tous les deux.

C'est le moment où il arrive. Il fait semblant de rien, cela m'a paru étrange. Moi, j'essaie de relativiser. Au moment du dessert, je sens quelque chose de pas normal. Il me dit que l'on doit parler, et ma mère lui dit de ne pas se prendre la tête, que nous sommes jeunes et que nous devrions attendre les vacances pour prendre une décision. Je ne m'attendais pas à ce qui allait se passer. La fin d'une guerre ou peut-être un soulagement qui prendra du temps à se manifester, mais qui sera une décision sage pour ma préservation.

C'est drôle, non ? Je suis là, assise sur ce banc, face à l'homme qui m'a fait croire qu'il était tout pour moi. Le même homme qui, en un claquement de doigts, a balayé tout ce qu'on avait construit. C'est fou, cette sensation de vide, comme si je ne savais plus comment respirer. Mon cœur bat trop vite, mes mains tremblent, et pourtant, je suis censée être forte. C'est ce qu'on m'a toujours dit, non ? « Tu es forte, tu surmonteras ça. » Ironique, vraiment. Parce que là, tout de suite, je me sens si faible que je pourrais disparaître.

Il parle. Je l'entends à peine. Des excuses, des phrases toutes faites. Il ne sait même pas pourquoi il s'excuse. Et moi, comme une idiote, je l'écoute. Je bois ses paroles. Je suis là, à essayer de comprendre pourquoi, à chercher une raison, un sens à ce qui se passe. Mais il n'y a rien à comprendre, parce qu'il n'y a jamais eu de logique dans tout ça.

« Je te fuis, tu me suis » disait ma mère. Et j'ai couru, oh que j'ai couru. Je me suis éloignée, pensant qu'il reviendrait, pensant que c'était juste un jeu. Mais il ne jouait plus, n'est-ce pas ? Non, cette fois, c'était sérieux. Ce n'était pas un test, c'était une sentence. J'aurais dû le voir venir, mais non. Trop occupée à l'aimer, trop occupée à l'excuser. Et maintenant, je suis ici, à supplier quelqu'un qui n'en vaut pas la peine. Ridicule.

Et puis, il y a ce silence. Ce moment où tout s'arrête. Je le regarde, et pour la première fois, je le vois vraiment. Ce n'est plus l'homme que j'aimais, c'est juste… quelqu'un. Quelqu'un qui m'a fait du mal, qui m'a détruite, et qui part sans un regard en arrière. Il me dit que ce n'est pas ma faute. Oh, mais bien sûr, ce n'est jamais leur faute, n'est-ce pas ?

Je m'effondre littéralement. Tout ce que j'ai retenu pendant des mois, toutes ces émotions que j'ai réprimées, elles explosent. Les larmes coulent sans fin, et je n'ai plus la force de les arrêter. C'est comme si mon corps entier criait pour moi. Je me déteste de le laisser partir, je me déteste de m'être accrochée aussi longtemps, et surtout, je me déteste de croire encore qu'il reviendra. Mais non, c'est fini. Fini, fini, fini. Trois mots que je répète dans ma tête comme une litanie, mais qui ne prennent toujours pas de sens.

Je me retrouve seule dans cette nuit noire, seule avec mes pensées, et cette douleur qui me ronge de l'intérieur. Le vide est immense, comme un gouffre. Et là, dans ce silence insupportable, je me demande : « Qui suis-je, sans lui ? » Parce que c'est ça, le pire. Je ne sais plus qui je suis. Pendant si longtemps, il a été mon univers, mon pilier. Et maintenant, je n'ai plus rien. Plus de repères, plus de direction. Seulement ce vide.

J'essaie de me lever, de marcher, mais mes jambes flanchent. Tout est lourd. Le simple fait de respirer me semble être un effort insurmontable. Je rentre chez moi, ou plutôt, je me traîne jusqu'à ma porte. Ma mère dort, je ne veux pas qu'elle voit dans quel état je suis alors je m'enferme dans ma chambre, et je pleure. Encore et encore.

Je suis arrivée à un point où je me détruisais mentalement et physiquement. Je ne sortais plus, mon hygiène de vie était désastreuse. Supprimer les photos et les messages a été le plus dur. Puis j'ai eu la phase où je me suis rendu compte du mal que cette personne m'avait fait.

Les jours passent. Ils se ressemblent tous. Je ne mange plus, je ne dors plus. Je suis un fantôme. Ma mère essaie de m'aider, elle pleure avec moi, mais cela ne change rien. Personne ne peut vraiment comprendre. Pas même mes amies. Elles me disent que ça ira mieux, que je dois tourner la page. Mais comment pourrais-je tourner la page quand c'est tout mon livre qui s'est effondré ?

Aller au boulot était devenu la pire des tortures. Chaque pas que je faisais me semblait être une montagne insurmontable. Je n'avais plus de force. Mon corps tout entier était comme une coquille vide, privée de toute énergie, de toute envie. Fatiguée, tellement fatiguée. À peine avais-je mis un pied dehors que j'avais déjà envie de m'écrouler. Mon esprit était ailleurs, loin, dans cet enfer intérieur qui ne me laissait aucun répit. Et pourtant, il fallait avancer, il fallait prétendre que tout allait bien, comme si ce n'était pas la fin du monde qui s'effondrait en moi.

Je n'étais plus qu'un fantôme de moi-même. Je faisais semblant de vivre, mais à l'intérieur, tout était mort. Mes collègues, mes amis, ils ne voyaient rien. Ils ne savaient pas que je luttais chaque jour contre cette douleur qui me rongeait, cette douleur qui ne me laissait aucun répit, qui me coupait le souffle. J'étais là, physiquement, mais mentalement… je n'étais plus nulle part.

Le pire, c'était de voir ma mère pleurer. Elle, que je n'avais jamais vue dans cet état. Ma mère, toujours forte, toujours solide, pleurait devant moi. Et c'est là que tout a éclaté. Je me suis rendu compte de l'état dans lequel j'étais de ce que je m'étais laissé devenir. Je me souviens de son visage, marqué par la tristesse, par l'impuissance. Elle pleurait avec moi, et ça, c'était insupportable. Voir celle qui m'avait toujours protégée s'effondrer à cause de ce que j'étais devenue. Je lui faisais mal, autant que j'avais mal. Et ça, je ne pouvais pas le supporter.

Elle essayait de retenir ses larmes, de me dire que tout irait bien, mais c'était vain. Elle voyait bien que je ne tenais plus debout. Elle voyait que j'étais à bout. Je n'avais plus d'énergie pour prétendre que tout allait bien. Alors, elle pleurait. Et moi, je pleurais aussi, parce que c'était trop, beaucoup trop. J'avais toujours voulu être forte, ne jamais montrer mes failles, mais là, il n'y avait plus d'illusion possible. J'étais brisée.

Montrer ma vulnérabilité aux autres, c'était peut-être le pire de tous. J'avais toujours fait en sorte de garder le contrôle, de ne jamais laisser quiconque voir mes faiblesses. Mais là, c'était impossible. Tout se voyait. Mon épuisement, ma tristesse, ma douleur. Tout était à nu, exposé aux yeux de ceux que je voulais protéger. Et cette vulnérabilité, cette sensation d'être si faible, si exposée, c'était insupportable.

Je me sentais comme une enfant perdue, incapable de gérer ses émotions, incapable de faire face à ce que je vivais. Et les autres voyaient ça. Ils voyaient cette femme brisée, celle qui ne pouvait plus avancer, celle qui ne pouvait même plus se tenir droite. Et ça me tuait de l'intérieur, cette honte, cette humiliation d'être vue comme ça. Moi, qui avais toujours voulu être forte, je me retrouvais à pleurer devant les autres, à admettre que je n'en pouvais plus.

Mon corps ne me répondait plus. C'est comme si chaque jour, je me réveillais dans un état de fatigue qui ne s'effaçait jamais. J'essayais de bouger, de marcher, mais tout me semblait si lourd. Chaque mouvement me coûtait une énergie que je n'avais plus. J'avais l'impression d'être coincée dans une tempête, incapable de sortir la tête de l'eau. Et peu importe ce que je faisais, la fatigue ne me quittait pas.

Le matin, je me forçais à me lever, à me préparer, mais c'était comme si mon esprit était déconnecté de mon corps. Mes gestes étaient mécaniques, sans vie. Au travail, je faisais de mon mieux pour tenir, pour ne pas m'effondrer, mais il m'arrivait de m'éclipser, de me réfugier dans les toilettes justes pour pleurer un bon coup. Parce que je ne pouvais pas montrer aux autres que j'étais à bout, que je ne pouvais plus continuer comme ça.

C'est ça, la dépression. Ce poids insupportable qui te cloue au sol, qui t'empêche de bouger, qui te vole toute envie, toute motivation. Même les petites choses de la vie deviennent des épreuves. Se lever, s'habiller, manger... Tout te paraît impossible. Et le pire, c'est que tu sais que tu dois continuer, que la vie ne s'arrête pas pour toi, mais tu n'as tout simplement plus la force.

La douleur est tellement intense qu'elle devient physique. Mon corps entier me faisait mal. Chaque muscle, chaque os semblait crier à l'abandon. Mais je continuais malgré tout, parce que c'est ce que l'on fait, n'est-ce pas ? On avance, même quand on pense ne plus pouvoir le faire. Mais à quel prix ? Combien de fois ai-je voulu tout abandonner, m'écrouler et ne plus jamais me relever ?

Ce qui était encore plus terrifiant, c'était la disparition de l'espoir. Avant, je croyais qu'il y avait toujours une lumière au bout du tunnel, que tout finirait par s'arranger. Mais là, je ne voyais plus cette lumière. Il n'y avait plus que l'obscurité. Je ne savais pas comment m'en sortir, ni si c'était seulement possible. Chaque jour, je me demandais si je serais capable de survivre à celui qui venait. Et chaque jour, la réponse devenait de plus en plus floue.

Mon entourage me disait que ça irait mieux, qu'il fallait juste du temps. Mais à quoi bon ? Je ne pouvais pas imaginer un futur sans cette douleur constante, sans cette lassitude qui m'envahissait. Tout me semblait inutile, vide de sens. Et dans ces moments-là, j'ai compris ce que c'était vraiment de toucher le fond.

C'est en voyant ma mère pleurer que j'ai réalisé l'ampleur de la situation. C'est à ce moment-là que tout est devenu clair. Je n'étais plus moi-même. Cette personne que j'étais devenue, ce n'était pas moi. J'avais perdu le contrôle de ma vie, je m'étais laissée détruire par cette relation toxique. Mais pire que ça, j'avais permis à cette douleur de me définir. C'est là que je me suis dit qu'il fallait que quelque chose change, que je ne pouvais pas continuer comme ça.

Je devais retrouver celle que j'étais, celle que j'avais perdue quelque part au milieu de cette tempête émotionnelle.

Et puis, un jour, quelque chose change. Ce n'est pas grand-chose, juste une petite lueur. Peut-être que c'est la fatigue de pleurer, peut-être que c'est l'usure de la douleur. Mais soudain, je commence à voir les choses autrement. Je me rends compte que je suis encore là. Que malgré tout, je suis toujours debout. Et ça, c'est déjà une victoire.

Il m'a brisée, oui. Mais il ne m'a pas détruite. Pas complètement. Et pour la première fois, je commence à me dire que peut-être, juste peut-être, je vais m'en sortir.

La tristesse laisse place à la colère. Une colère sourde, brûlante. Comment ai-je pu laisser cette personne avoir autant de pouvoir sur moi ? Comment ai-je pu me perdre à ce point ? J'ai envie de crier, de tout casser. Parce que oui, il m'a fait du mal, mais je l'ai laissée faire. Et ça, c'est le plus difficile à accepter.

Mais cette colère, elle me donne de la force. Elle me pousse à bouger, à me relever. Puisque je refuse de rester la victime. Je refuse de laisser cette histoire définir qui je suis.

Le deuil

Je faisais des cauchemars où j'étais tétanisée, j'avais très peur qu'il revienne. J'ai perdu du poids, je prenais des médicaments pour le sommeil et le stress. Les jours passaient, et je me noyais de plus en plus dans ma tristesse. Chaque matin, se lever devenait un combat. La douleur était omniprésente, une douleur qui semblait ne jamais s'atténuer. Mes amis, ma famille, tout le monde essayait de m'aider, de me sortir de cette torpeur, mais rien n'y faisait.

Petit à petit, j'ai commencé à écrire, à mettre des mots sur ma souffrance. L'écriture est devenue une sorte de thérapie. J'écrivais tout, chaque sentiment, chaque pensée. C'était ma manière de libérer mon esprit, de comprendre ce que je traversais.

Chaque jour était interminable, submergée par la tristesse qui m'envahissait de plus en plus. Les larmes tombaient sans relâche, laissant des flaques sur leur passage. Les images que je voyais étaient teintées de noir et de couleurs sombres. Le pire n'était pas la journée, mais le moment où le soleil se couchait, laissant les cris à l'intérieur de moi s'échapper. Je revoyais en boucle ces photos, écoutant ces enregistrements. Pour moi, c'était impossible que tout se termine ainsi. Je me rappelle qu'il n'a même pas réussi à pleurer alors que moi, j'étais en face, agonisant de tristesse.

J'ai contacté sa meilleure amie, en espérant qu'il s'était confié à elle et qu'elle pourrait avoir les mots justes pour me rassurer. Elle ne comprenait pas trop les chemins qu'il pouvait prendre. Elle n'était même pas au courant de notre rupture. Elle me rassurait en disant que, comparée à ses ex, j'étais une personne bien et qu'il était entre de bonnes mains. Elle me disait qu'il était dingue de moi. Elle m'a révélé que ses anciennes relations étaient vraiment des pestes, manipulatrices. Elle avait pu le voir et lui dire clairement les choses car je lui avais fait des confidences. Elle était abasourdie, disant qu'elle ne reconnaissait pas son meilleur ami. Elle m'a même appelé et envoyé des messages les jours qui ont suivi pour savoir comment j'allais.

Un mois plus tard, je suis partie chez mes grands-parents car il fallait que je m'évade. L'air était devenu irrespirable chez mes parents, saturé par les souvenirs de ma relation perdue et par les questions incessantes. Chaque coin de la maison, chaque objet me rappelait des moments partagés avec lui. Ces souvenirs, au lieu de m'apporter du réconfort, ne faisaient que raviver ma douleur. Il fallait que je parte, que je m'éloigne de ces lieux et de ces odeurs qui me ramenaient constamment à lui. C'était bien trop douloureux de rester là-bas, entourée de fantômes du passé.

Chez mes grands-parents, je trouvais une atmosphère différente, empreinte de non-jugement. Leur maison, située dans une autre ville, offrait un refuge paisible, loin des regards tristes et des questions qui me hantaient chez mes parents. C'était un lieu où je pouvais commencer à me reconstruire, où je pouvais retrouver une certaine sérénité. Chez mes grands-parents, il y avait une bonne atmosphère. Mes grands-parents respectaient mon besoin de silence et de solitude. Leur présence chaleureuse était un réconfort en soi.

C'était un soulagement immense de ne plus être entourée de questions et de préoccupations. L'ignorance apparente de mes grands-parents était un baume pour mon cœur meurtri. Ils ne demandaient pas, ils ne pressaient pas, ils étaient simplement là, prêts à m'aider quand j'en aurais besoin.

Malgré la douceur de leur accueil, chaque recoin de la maison portait en lui des souvenirs d'enfance, et ces souvenirs, bien que réconfortants, étaient teintés de tristesse. Les odeurs familières, les vieux meubles, les photos de famille, tout cela me ramenait à des moments plus heureux. C'était bien douloureux de revivre ces souvenirs alors que mon cœur était brisé. Ces endroits et ces odeurs, bien qu'apaisants, évoquaient des époques révolues, des moments où la vie semblait plus simple et plus joyeuse. La nostalgie était inévitable. Chaque pièce, chaque objet portait en lui une part de mon histoire, une histoire désormais entachée par la douleur de la perte. Mais paradoxalement, c'était aussi cette nostalgie qui m'aidait à avancer, à comprendre que malgré la souffrance, il y avait eu des moments de bonheur, et qu'il y en aurait encore.

Chez mes grands-parents, j'ai trouvé un lieu de paix et de réflexion. Leur maison était un havre de sérénité, un endroit où je pouvais me retirer pour réfléchir, pour pleurer, et pour commencer à guérir. Leurs histoires de vie, leurs récits de résilience et de courage, étaient une source d'inspiration. Ils m'ont appris que la douleur fait partie de la vie, mais qu'elle peut être surmontée avec le temps et la patience.

Les promenades dans leur jardin, les moments passés à observer la nature, étaient autant d'occasions de me reconnecter avec moi-même. La simplicité de la vie, la beauté tranquille des paysages, tout cela m'aidait à trouver un semblant de paix intérieure. J'apprenais à apprécier les petites choses, à trouver du réconfort dans les gestes quotidiens, dans la routine apaisante de la vie chez mes grands-parents.

La compagnie de mes parents, bien intentionnée, me faisait plus de mal que de bien. Leurs questions, leurs regards tristes, leurs tentatives de comprendre ma douleur étaient trop lourds à porter. Je préférais l'ignorance apparente de mes grands-parents, leur absence de questions, leur acceptation silencieuse de ma souffrance. Leur maison était un refuge où je pouvais être moi-même sans avoir à expliquer ou à justifier ma douleur.

Leurs regards pleins de compassion mais sans insistance, leurs gestes de réconfort sans intrusion, étaient exactement ce dont j'avais besoin. Ils comprenaient que parfois, le silence est la meilleure des thérapies, que le simple fait d'être présent est souvent plus précieux que n'importe quel mot.

Chez mes grands-parents, j'ai commencé à me reconstruire petit à petit. Chaque jour était une nouvelle étape, un nouveau défi. Leur amour et leur soutien m'ont aidé à retrouver confiance en moi, à croire que je pouvais surmonter cette épreuve. J'ai appris à apprécier la douceur des petites choses, à trouver du réconfort dans la routine quotidienne, à me laisser porter par la sérénité de leur maison.

Je passais des heures à écrire dans mon journal, à mettre des mots sur ma douleur, à essayer de comprendre ce que je vivais. L'écriture était une forme de thérapie, un moyen de donner un sens à mes émotions. Peu à peu, à travers les mots, je trouvais une forme de libération, un moyen d'extérioriser ma peine et de commencer à guérir.

La guérison est un processus long et difficile, mais chaque petit moment de paix, m'aidait à avancer. Leur maison, leur présence, leur amour étaient des remparts contre le désespoir. J'apprenais à trouver de la force dans les petites choses, dans les moments de tranquillité, dans la simplicité de la vie quotidienne.

Avec le temps, j'ai commencé à ressentir une lueur d'espoir. La douleur ne disparaissait pas, mais elle devenait plus supportable. Chaque journée passée chez mes grands-parents me rapprochait un peu plus de la guérison.

Chez mes grands-parents, j'ai trouvé une nouvelle perspective sur ma douleur. Leur sagesse et leur expérience m'ont montré que la vie est faite de hauts et de bas, de joies et de peines, mais que chaque épreuve peut être surmontée avec le temps et la patience.

Et finalement, tout ce qui me restera de toi, ce sont les traces sur mon corps. Ces marques, ces cicatrices, témoignent de notre histoire tumultueuse. Chaque cicatrice est un rappel de ce que nous avons vécu, de chaque épreuve traversée. Elles sont à la fois des souvenirs de douleur et des symboles de survie. J'ai appris à accepter ces traces comme une partie de moi, comme les preuves de ma capacité à surmonter les épreuves.

« Merci pour les roses, merci pour les épines. La vie n'est pas une fête perpétuelle, c'est une vallée de larmes mais c'est aussi une vallée de roses. Et si vous parlez des larmes, il ne faut pas oublier les roses, et si vous parlez des roses, il ne faut pas oublier les larmes. »- Jean d'Ormesson.

Ces mots résonnent profondément en moi. Ils capturent l'essence de ce que j'ai vécu avec toi. La beauté de notre relation était indissociable de la douleur qu'elle a engendrée. Chaque moment de bonheur était accompagné de ses propres défis, chaque sourire était parfois suivi de larmes. Pourtant, malgré la douleur, je ne peux pas renier les moments de joie, les instants où tout semblait parfait.

On ne peut pas aider une personne qui refuse d'être aidée. J'ai voulu te sauver en oubliant de m'aider moi-même, puis je suis devenue comme toi. J'ai plongé dans tes ténèbres, croyant naïvement que je pourrais t'en tirer. Mais en faisant cela, j'ai perdu de vue ma propre lumière, ma propre force. J'ai compris que plus jamais, au grand jamais, je ne pleurerais pour qui que ce soit. Cette promesse, cette résolution, est née de ma douleur. Elle est un bouclier que j'ai forgé pour me protéger.

Et si tu m'avais réellement donné ma chance... Cette phrase revient en boucle dans ma tête, et si jamais, et pourquoi pas... Ces questions sans réponse me hantent. Elles sont les échos de mes regrets, les ombres des possibilités perdues. J'ai cherché des réponses dans les recoins les plus sombres de mon esprit, mais tout ce que j'ai trouvé, ce sont des souvenirs et des regrets.
J'ai trouvé un oiseau blessé et une fois que je l'ai soigné, en le laissant faire ce qu'il voulait de moi, en le laissant se jouer de moi, il a fini par s'envoler, cherchant un autre oiseau. Cette métaphore résume notre relation. J'étais ton « soigneur », ton refuge pour te défouler, et malgré mon acceptation et mes efforts, tu es parti. Mon cœur, autrefois plein d'espoir et de dévotion, a été laissé en lambeaux.

En écrivant ces mots, je tente de donner un sens à ce que j'ai vécu. Chaque phrase est une tentative de comprendre, de guérir, de transformer la douleur en quelque chose de plus supportable. Le deuil de notre relation est un processus long et ardu, mais chaque mot posé sur le papier est un pas vers la guérison, vers une nouvelle compréhension de moi-même et de ce que j'attends de la vie.

Mais soudain, une notification sur mon téléphone a tout bouleversé. C'était un message de lui, une simple phrase qui m'a transpercé comme une lame : "Alors, le permis, la cigarette, tu as réussi à ne pas reprendre ?"

En lisant ces mots, une vague de colère et de tristesse m'a envahie. Je me suis dit qu'il était vraiment stupide de poser une telle question. Pour lui, il semblait évident que j'avais réussi à ne pas replonger dans mes anciennes habitudes, mais la réalité était toute autre. J'avais effectivement repris la cigarette. Ce n'était pas par choix, mais parce que je me sentais obligée d'arrêter pour lui, de peur qu'il me quitte. Et voilà qu'il ravivait cette douleur, ce souvenir de contrainte et de sacrifice.

Ce message m'a fait extrêmement mal. Comment pouvait-il être si insensible ? Ne comprenait-il pas que j'avais traversé des moments difficiles, que chaque cigarette que je fumais était une tentative désespérée de trouver un peu de réconfort dans un monde où tout semblait s'effondrer autour de moi ? Sa question était non seulement inutile, mais aussi cruelle.

Sans réfléchir davantage, je lui ai répondu avec toute l'émotion qui bouillonnait en moi. "Je ne comprends pas ce que tu essaies de faire. Je ne veux plus avoir affaire à toi. Je veux que tu disparaisses de ma vie pour de bon." Envoyer ce message était libérateur. J'avais enfin trouvé le courage de lui dire ce que je ressentais vraiment, de couper les ponts avec une personne qui, au lieu de m'aider à me relever, continuait de me tirer vers le bas.

Cette notification, bien que douloureuse, m'a finalement aidée à prendre une décision importante. En lui demandant de disparaître de ma vie, j'ouvrais la porte à un futur où je pourrais enfin respirer librement, sans avoir à me conformer aux attentes de quelqu'un d'autre. C'était le début d'un nouveau chapitre, un chapitre où je serais fidèle à moi-même avant tout.

Après ce dernier message, une étrange sensation m'envahit. Le silence, ce silence que j'avais tant redouté, devenait finalement un allié. L'absence de ses mots, de ses remarques, de son emprise sur moi, créant un vide, mais un vide nécessaire. C'était un deuil à faire, celui de la relation, mais aussi de la personne que j'avais été pendant cette relation.

Le deuil n'est pas simplement celui d'une personne que l'on perd. Il peut être le deuil d'une version de soi-même, celle que l'on a sacrifiée pour une autre, pour l'illusion d'un amour. J'avais perdu une part de moi en essayant de correspondre à ses attentes, en m'effaçant pour ne pas le perdre. Chaque jour, je devais me rappeler que cette version de moi était morte, qu'elle ne reviendrait pas, et qu'il fallait que je renaisse, autrement.

Le plus difficile dans ce deuil, c'est l'acceptation de l'absence. Son absence, bien sûr, mais aussi celle de mes rêves pour notre futur. Toutes ces images que j'avais construites dans ma tête, ces moments que j'avais imaginés, ces promesses que j'avais crues, s'étaient envolées comme cet oiseau. Il fallait les laisser partir, accepter qu'elles ne reviendraient pas. Cela ressemblait à abandonner une partie de moi-même, une partie que je ne reconnaissais plus, mais qui avait pourtant existé.

Mais au fond, cette absence, c'était aussi la promesse d'une nouvelle liberté. Ne plus avoir à porter ce poids, ne plus devoir modeler mes actions, mes pensées, ma vie, en fonction de lui. C'était un nouveau départ, même si le chemin vers cette nouvelle vie était encore flou et rempli de doutes.

Chaque jour après cette rupture, je tentais de reconstruire. C'était lent, chaotique, souvent douloureux. Mais c'était nécessaire. Petit à petit, je devais apprendre à me retrouver, à me reconnecter avec la personne que j'avais été avant de le rencontrer. Celle qui savait ce qu'elle voulait, qui avait des rêves pour elle-même, et pas pour quelqu'un d'autre.

Reprendre contact avec soi après une relation abusive, c'est comme réapprendre à marcher. Chaque pas est hésitant, fragile, mais avec le temps, ils deviennent plus sûrs, plus affirmés. J'apprenais à nouveau à me tenir droite, à ne plus m'excuser pour qui j'étais. Ce n'était pas facile, mais c'était un chemin nécessaire vers la guérison.

Les souvenirs, eux, ne s'effaçaient pas si facilement. Chaque endroit, chaque chanson, chaque détail de ma vie semblait encore imprégné de sa présence. Je ne pouvais pas simplement les effacer, ni prétendre qu'ils n'avaient jamais existé. Il fallait apprendre à vivre avec, à accepter que ces souvenirs seraient là, mais qu'ils ne définiraient plus mon avenir.

Le deuil d'une relation abusive est long, parce qu'il ne s'agit pas simplement de tourner une page. Il faut réécrire tout un livre. Les souvenirs font partie de moi, mais je devais réécrire ma propre histoire, sans lui.

Et puis, un jour, j'ai senti que quelque chose changeait en moi. Ce n'était pas un déclic soudain, mais plutôt une prise de conscience lente et progressive. Le poids qui m'avait écrasée pendant si longtemps semblait s'alléger, même si ce n'était qu'un peu. C'était un début. Un nouveau souffle. Une première bouffée d'air pur après des mois d'asphyxie.

Je réalisais que le deuil ne signifie pas seulement la fin, mais aussi un nouveau commencement. J'avais laissé partir cet oiseau blessé, et avec lui, une version de moi-même. Mais en tournant cette page, j'ouvrais la porte à d'autres possibilités. J'étais prête, enfin, à voler de mes propres ailes.

Puis, j'ai essayé de sortir à nouveau, de retrouver un semblant de normalité, de reprendre goût à la vie, aux soirées, aux fêtes. Même si ce n'était pas facile, chaque sortie était un pas vers la liberté. J'étais heureuse de constater que je pouvais encore plaire, que mon éclat n'était pas totalement éteint. Cela me donnait de la joie, une forme de réassurance, comme une petite victoire sur tout ce que j'avais traversé.

Mais d'un autre côté, il m'était impossible de me laisser aller à quoi que ce soit avec un homme. Le simple fait d'imaginer une proximité, une intimité, me paralysait. Mon cœur n'était pas prêt, et mon esprit portait encore les cicatrices. Le chemin vers la guérison, bien qu'entamé, restait semé d'embûches, et je savais que je devrais prendre le temps, sans me précipiter.

Et après toi, le deuxième amour

Le téléphone vibre, une notification apparaît. C'est un message. Un garçon. Rien de nouveau jusque-là. Depuis que je suis célibataire, il semble que tous les hommes aient décidé de refaire surface. Des messages inattendus de nouveaux prétendants, tous semblent soudainement intéressés par ma vie. Mais je n'ai plus la force de répondre à ces sollicitations. Depuis ma dernière relation, je me suis imposé une barrière : plus d'amour, plus de relations. J'ai trop donné, trop souffert pour en vouloir encore.

Mon dernier amour m'a laissé des cicatrices profondes. Je me suis battue pour cet amour, j'ai tout donné de moi-même, mais en vain. Et aujourd'hui, alors que je peine encore à guérir, je ne veux plus m'ouvrir à nouveau. Mais ce garçon-là, celui qui vient de m'envoyer un message, il m'intrigue. Je ne sais pas pourquoi, mais il réveille quelque chose en moi, une curiosité que je ne m'explique pas.

Et ainsi commence ce que je n'avais pas prévu : une nouvelle histoire. Au début, tout semble bien se passer. Nous nous fréquentons, nous passons du temps ensemble, et peu à peu, il devient une présence rassurante dans ma vie. Il me présente à sa famille, un geste que je n'attendais pas si tôt, mais que j'accepte avec un sourire. Nous partons en vacances ensemble, un séjour au ski où tout semble parfait. Mais à peine deux mois après, je sens une lassitude s'installer.

Cette lassitude, je ne la comprends pas immédiatement. Mais au fond de moi, je sais que quelque chose ne va pas. Je revois mon ex dans mes pensées, dans mes rêves. Quand je suis avec ce nouveau garçon, il m'arrive de le confondre avec mon ex, d'imaginer que c'est lui que je tiens dans mes bras. Et pourtant, je continue cette relation, me convainquant que ce n'est qu'une phase, que cela finira par passer.

Mais le doute persiste. Les sentiments que j'éprouve sont-ils réels ? En ai-je jamais eu au début ? Je commence à me poser des questions sur la nature de cette relation, sur ce que je ressens vraiment. Pourtant, je décide de le présenter à mon père. Mais même là, chez mon père, où tout devrait être simple et naturel, nous passons notre temps à nous disputer. Les tensions s'accumulent, et je sens que quelque chose ne va pas.

Un soir, alors que je sors boire un verre avec mes amies, je fais une rencontre inattendue. Un homme, un inconnu, avec qui je partage un moment fugace. Sans vraiment réfléchir, je l'embrasse. Ce baiser, je le vis comme une simple impulsion, une action sans conséquences. Pourtant, j'ai quelqu'un dans ma vie, quelqu'un qui m'aime sincèrement. Mais ce geste ne m'ébranle pas. Je n'y ressens rien, aucune culpabilité, aucune émotion.

Le lendemain, je ne ressens toujours rien. Je lui avoue ce que j'ai fait, sans remords, sans tristesse. La relation se termine là, sans fracas, sans douleur. Je n'ai pas le sentiment d'être une mauvaise personne, bien que mon acte soit indéniablement blessant. Ce n'est que bien plus tard que je réalise l'ampleur de ce que j'ai fait. J'ai fait du mal à une âme pleine d'amour, une âme saine qui ne méritait pas cela. Mais cette prise de conscience arrive trop tard.

En réfléchissant à cette relation, je me rends compte que, peut-être, je ne cherchais pas vraiment à aimer à nouveau. Après la rupture avec mon ex, une part de moi refusait de se sentir abandonnée, de revivre la douleur de cette séparation. Alors, peut-être que cette nouvelle relation n'était qu'un moyen d'éviter cette souffrance, de me prouver que je pouvais encore être aimée.

Mais finalement, j'ai reproduit le schéma toxique de ma précédente relation. J'ai blessé quelqu'un d'autre, tout comme j'ai été blessée. Le cycle de la douleur s'est perpétué, et je me suis perdue en chemin. En cherchant à guérir, je me suis finalement retrouvée à infliger à quelqu'un d'autre ce que j'avais moi-même subi.

Le dicton dit "Ce qui ne te tue pas te rend plus fort" (Friedrich Nietzsche), mais à cet instant, je n'avais jamais ressenti une telle faiblesse. Mes pas étaient lourds, mes choix, encore plus incertains. Le simple fait d'essayer de reconstruire quelque chose avec un autre ressemblait à un château de cartes, voué à s'effondrer à chaque souffle de vent. Amour et tromperie, voilà les deux fers d'un même glaive qui me poignardaient simultanément.

J'avais pris la décision de trahir. Pourquoi ? Par colère ? Par envie de liberté ? Ou peut-être, en réalité, par peur. Peur de recommencer à souffrir, de me perdre de nouveau dans une relation. Ironiquement, en embrassant l'autre, je n'avais pas l'impression de m'envoler. Non, je m'enlisais dans les profondeurs de la culpabilité, nageant dans des eaux troubles, oscillant entre remords et satisfaction éphémère.

"Le cœur a ses raisons que la raison ne connaît point" (Blaise Pascal). Eh bien, ce soir-là, mon cœur avait des raisons bien floues, mais une chose était certaine : la raison avait fui depuis longtemps.

"L'amour, c'est comme la guerre, facile à démarrer, difficile à arrêter, et impossible à oublier » (Oscar

Wilde). Ah, Oscar, si seulement tu avais tort ! J'ai cru pouvoir jouer à la grande stratège de l'amour, mais ce que j'ai découvert, c'est que je n'avais pas les armes.

"Trahir, c'est toujours se trahir soi-même avant de trahir l'autre" (François Mauriac). Je ne connaissais que trop bien la vérité de cette phrase. Dans cet instant volé, ce n'était pas mon partenaire que je trahissais. C'était moi-même. J'étais en train de trahir l'idée que j'avais encore quelque chose de pur, d'authentique à offrir.

Aujourd'hui, je me rends compte que je n'étais pas prête pour cette relation. J'étais encore trop marquée par mon passé, par cet amour qui m'avait laissé briser. En essayant de me protéger, j'ai fini par devenir ce que je redoutais le plus : une personne incapable d'aimer sincèrement, de donner sans retenue. J'ai fini par reproduire la toxicité que j'avais tant combattue.

Ce chapitre de ma vie m'a laissé un goût amer, mais il m'a aussi ouvert les yeux sur beaucoup de choses. J'ai appris que l'amour, le vrai, ne se précipite pas, ne se force pas. J'ai compris que pour aimer à nouveau, il faut d'abord guérir, se reconstruire. J'ai compris que l'on ne peut pas bâtir une nouvelle relation sur les ruines d'une ancienne.

Avant de pouvoir aimer quelqu'un d'autre, il est essentiel de s'aimer soi-même. Cette vérité, je l'ai comprise au fil de mes erreurs. L'amour de soi n'est pas une quête égoïste, mais une nécessité pour établir des relations saines. Si je n'avais pas été brisée, je n'aurais pas ressenti le besoin de me précipiter dans une nouvelle relation pour combler un vide.

L'amour n'est pas une course contre la montre, ni une compétition. C'est un marathon où, parfois, tu trébuches, tu tombes, et tu te relèves. Mais la vraie leçon que j'ai tirée de cette histoire, c'est que tant que tu n'as pas guéri toi-même, tu ne peux pas aimer correctement. "L'amour propre est le plus grand obstacle à l'amour véritable" (Jean-Jacques Rousseau). Et, hélas, à ce moment de ma vie, l'amour propre était encore un concept lointain pour moi.

Je réalise maintenant que l'amour de soi est la fondation sur laquelle toute relation durable doit être construite. Je m'efforce chaque jour de me connaître, de m'accepter, et de m'aimer pour ce que je suis, avec mes forces et mes faiblesses. Ce processus est long, parfois douloureux, mais il est essentiel pour briser le cycle des relations toxiques.

Il y a une douleur sourde qui accompagne chaque instant depuis notre séparation. Quand je l'ai embrassé, ce n'était pas son visage que je voyais, mais le tien. Chaque geste d'affection que je tente de partager avec un autre est contaminé par l'ombre de notre histoire. Je me surprends à comparer, à chercher en lui ce que j'avais trouvé en toi. Mais la comparaison est injuste, car ce que nous avions était unique, si profond que même l'écho de ta trahison ne peut le détruire totalement.

Avant toi, l'amour était un champ de fleurs sauvages, éclatant de couleurs et de parfums variés. Je rêvais de rencontres, de partages, d'histoires à construire. Mais après toi, le champ est devenu un désert aride. L'amour n'est plus une aventure exaltante, mais une quête périlleuse, où chaque pas est marqué par la méfiance et la peur de revivre cette douleur.La trahison que j'ai ressentie n'était pas simplement une rupture de promesses ; c'était une fracture de mon être. Elle a ébranlé les fondements mêmes de ma confiance en autrui.

Comment pourrais-je ouvrir mon cœur de nouveau quand il est encore meurtri par les éclats de notre passé ? Chaque tentative de rapprochement avec un autre semble vouée à l'échec, car ton spectre hante mes pensées, me rappelant sans cesse la vulnérabilité de l'amour.

Je me souviens de nos moments de bonheur, de nos rires partagés, des promesses murmurées sous la lueur des étoiles mais aussi des moments sombres. Ces souvenirs sont désormais teintés d'amertume. Ils me rappellent ce que j'ai perdu et ce que je ne suis plus capable de retrouver.

Quand je l'ai embrassé, j'ai espéré, même brièvement, que ce contact pourrait effacer la douleur, combler le vide que tu as laissé. Mais il n'en fut rien. Au lieu de cela, le baiser m'a semblé vide, dépourvu de la chaleur et de l'intensité que j'avais connues avec toi. Ton absence est une présence constante. Elle pèse sur mes épaules, m'empêche de respirer librement, de m'ouvrir à de nouvelles possibilités. Chaque fois que je tente de m'engager dans une nouvelle relation, je me heurte à ce mur invisible de douleur et de méfiance. Les autres ne voient qu'un sourire, mais derrière ce masque se cache un cœur brisé, incapable de guérir.

Je veux croire qu'un jour, je pourrais aimer à nouveau sans la peur de la trahison. Que je pourrais regarder un autre dans les yeux sans chercher ton reflet. Que je pourrais sourire sans que ce sourire soit une façade. Mais pour l'instant, l'ombre de ta déception obscurcit encore mon horizon. Je suis prisonnière de notre passé, et chaque tentative d'aller de l'avant me ramène inévitablement à toi.

En embrassant un autre, j'espérais retrouver une partie de moi-même, celle qui croyait encore en l'amour, en la sincérité des sentiments partagés. Mais ce que j'ai trouvé, c'est que le chemin vers la guérison est encore long et tortueux. Ton empreinte est gravée en moi, et il faudra du temps, peut-être plus que je n'en ai conscience, pour que les cicatrices se referment et que je puisse, enfin, envisager un avenir où l'amour redevient une promesse, non une menace.

Une nuit encore, seule dans le silence, je sentais cette bataille intérieure se dérouler en moi. Mon cœur et mon cerveau s'étaient mis à débattre. Et cette discussion silencieuse, mais si bruyante, était en train de me déchirer.

Cerveau : "Bon, on va commencer par un peu de logique. Tu te rappelles tout ce qui s'est passé, n'est-ce pas ? Tu as été blessée, détruite même. Il t'a brisée, et maintenant, tu veux replonger dans cette folie qu'on appelle l'amour ? Vraiment ?"

Cœur : "Je sais... je saigne encore, je porte les cicatrices de cette histoire. Mais tu vois, malgré tout, j'ai toujours envie d'y croire. Il doit bien exister quelque part quelqu'un qui ne me fera pas souffrir. L'amour ne peut pas être que douleur."

Cerveau : "L'amour ? Tu es encore là-dessus ? Il faut être réaliste. Tu te rappelles cette dernière fois où tu as cru qu'aimer signifiait réparer quelqu'un ? C'est à cause de toi qu'on a souffert. J'ai essayé de te prévenir, mais tu ne m'as pas écouté. Le voilà, le résultat."

Cœur : "Mais comment pourrais-tu comprendre ? L'amour n'est pas fait de logique froide, c'est un saut dans l'inconnu. Eh oui, j'ai pris des coups, oui, je saigne encore, mais ça ne veut pas dire que je dois m'empêcher d'aimer à nouveau. Ce n'est pas ce que l'amour est censé être."

Cerveau : "Sauter dans l'inconnu, vraiment ?! On appelle ça de l'inconscience, pas de l'amour. Tu te précipites dans les bras de quelqu'un, tu te fais des illusions, et après, c'est toujours moi qui dois réparer les morceaux. C'est toujours moi qui analyse chaque mot, chaque geste pour essayer de comprendre ce qui a mal tourné."

Cœur : "Peut-être. Mais sans moi, tu ne vis pas vraiment. Tu survis. Chaque sourire, chaque moment de bonheur, chaque battement accéléré... c'est grâce à moi que tu les ressens. Tu peux te protéger autant que tu veux, mais sans amour, tu es vide. Même toi, tu le sais."

Cerveau : "Vide ? Je préfère être vide que brisé encore et encore. Pourquoi t'entêtes-tu à courir après l'amour ? As-tu oublié les nuits à pleurer, à te demander ce que tu avais fait de mal ? L'incertitude, l'attente des messages qui ne viennent jamais ? L'amour te rend faible."

Cœur : "Faible ? Non. L'amour me rend vulnérable, c'est vrai. Mais la vulnérabilité, ce n'est pas une faiblesse. Ce que tu ne comprends pas, c'est que pour guérir, il faut d'abord accepter de souffrir. Eh oui, j'ai souffert, mais cela m'a appris des choses. Cela m'a rendu plus forte à chaque fois, même si aujourd'hui je suis encore en morceaux."

Cerveau : "Ah oui ? Plus forte ? Et ce deuxième amour, qu'as-tu fait ? Tu l'as trompé. Où est la force là-dedans ? Tu étais encore trop attachée au passé pour être honnête avec toi-même. Et tu veux encore tenter une autre histoire ?"

Cœur : "Je l'ai trompé, oui. Je ne suis pas fière de ce que j'ai fait. Mais ce n'était pas de la force ou de la faiblesse. C'était une erreur. Et on a tous droit à l'erreur. C'est toi, avec tes doutes, qui m'a fait peur, qui m'a poussée à chercher ailleurs ce que je pensais avoir perdu."

Cerveau : "Ah, donc maintenant c'est ma faute ?! J'essayais seulement de te protéger, de nous protéger."

Cœur : "Je sais. Mais tu ne peux pas tout contrôler. Tu ne peux pas empêcher la douleur de revenir, tout comme tu ne peux pas empêcher l'amour de renaître. C'est dans notre nature. L'amour n'est pas un choix rationnel. Il est fait d'instincts, de sentiments, et d'un peu de folie."

Cerveau : "Folies, oui, ça tu en connais un rayon. Mais regarde où ça nous mène à chaque fois."

Cœur : "Alors quoi ? On reste seuls ? On n'ouvre plus jamais notre porte à quelqu'un de peur de souffrir ? Est-ce vraiment ce que tu veux ?"

Cerveau : "Ce que je veux, c'est éviter de revivre cet enfer. Je me souviens encore des nuits sans sommeil, à ressasser chaque détail, à analyser chaque parole dite ou non dite. Toi, tu t'accroches à ce sentiment d'espoir, mais moi, je vois la réalité en face. L'amour, c'est prendre le risque de tout perdre."

Cœur : "Oui, mais l'amour, c'est aussi prendre le risque de tout gagner. Il ne s'agit pas de plonger tête baissée dans le néant. Il s'agit de croire, malgré les blessures, malgré les cicatrices, qu'il y a quelque chose de beau à vivre. Quelque chose que tu ne pourras jamais expliquer avec tes raisonnements froids."

Cerveau : "Et si tu te trompes ? Si ce prochain amour te détruit encore plus que le précédent ?"

Cœur : "Alors je me relèverai, encore et encore. Parce que c'est ce que je fais. Je guéris. Et peut-être que cette fois-ci, ce sera différent. Peut-être que cette fois-ci, je tomberai sur quelqu'un qui saura panser mes blessures plutôt que de les raviver."

Cerveau : "Et moi ? Que fais-je pendant tout ce temps ?"

Cœur : "Toi, tu me rappelles les leçons que j'ai apprises. Tu m'empêches de tomber dans les mêmes pièges. Mais tu dois me laisser ressentir. Parce qu'à la fin, même toi, tu as besoin de ces moments où l'on se sent vivant. Et ce ne sont pas tes raisonnements qui les apportent."

Cerveau : "Tu es incorrigible. Mais je suppose que sans toi, tout serait trop... fade."

Cœur : "Exactement. Alors, tu vois, on a besoin l'un de l'autre. Moi pour te donner des émotions, toi pour m'aider à ne pas tout perdre."

Le silence retomba. Ce dialogue intérieur ne s'achèverait jamais vraiment, mais il avait au moins ramené un semblant de paix. L'amour restait une énigme, une alchimie entre ces deux forces opposées. Mais c'était bien cela qui rendait chaque nouvelle tentative, chaque nouvel espoir, aussi terrifiante qu'excitante.

Quel est mon identité ?

Après des mois de travail sur moi-même, j'ai commencé à sentir un renouveau en moi. J'ai compris que cette rupture, aussi douloureuse soit-elle, m'avait permis de grandir, de me renforcer. J'ai appris de cette expérience et j'en suis sortie plus mature, plus résiliente.

J'ai rencontré de nouvelles personnes, fait de nouvelles amitiés, découvert de nouveaux horizons. J'ai pris le temps de me reconstruire, de me recentrer sur moi-même, sur mes besoins, mes envies. J'ai appris à apprécier ma propre compagnie, à être bien avec moi-même.

L'acceptation est venue avec le temps. J'ai accepté ce qui s'était passé, j'ai accepté la douleur, j'ai accepté la perte. J'ai compris que chaque expérience, chaque épreuve, fait partie de notre chemin de vie, de notre apprentissage. J'ai accepté que cette relation faisait partie de mon passé, et que j'avais un avenir devant moi.

Le plus dur ce n'est pas de partir, c'est faux, mais c'est de se reconstruire après avoir vécu des milliers de moments traumatisants. Chaque souvenir, chaque instant de douleur reste gravé en moi, et pourtant, je dois avancer, me redéfinir, trouver un nouveau sens à ma vie. C'est en me tuant qu'il m'a appris à vivre. Ces mots résonnent comme un paradoxe cruel, mais ils incarnent une vérité amère. En me détruisant, il a révélé en moi une force insoupçonnée, une résilience que je n'aurais jamais imaginée. Et même quand je fais des cauchemars à cause de lui, je l'accepte.

Et je me suis perdue à vouloir trop aimer. Mon amour, donné sans compter, m'a consumée, m'a fait perdre de vue qui j'étais vraiment. J'étais déjà en quête d'identité avant de te connaître, mais maintenant je le suis encore, avec une découverte précoce des réalités sombres de la vie. J'ai grandi trop vite, chaque expérience m'a vieillie prématurément, m'a poussée à affronter des réalités que je n'étais pas prête à affronter.

Cette relation était préméditée, j'étais une personne de plus sur sa liste, une proie innocente et insouciante des ténèbres de l'amour. Après moi, ce sera une autre. C'était plus facile pour lui de prendre une jeunette qu'une femme. Il préférait la naïveté à l'expérience, la vulnérabilité à la force. Aujourd'hui, je suis une femme, mais qui ne laissera plus jamais ces prédateurs entrer dans sa vie. J'ai appris à reconnaître les signes, à protéger mon cœur.

J'ai cherché en lui ce que je n'avais pas, l'étreinte d'un père. Mais l'amour d'un homme ne peut remplacer cette présence paternelle que j'ai tant désirée. Le côté protecteur, cette force rassurante, l'écoute attentive. Ce que je voulais, c'était un refuge solide, mais ce vide en moi, aucun amour ne le comble.

Le mot « je t'aime » est un mot qui brûle chaque parcelle de mon corps l'une après l'autre. Quand on a eu l'habitude d'entendre ce mot mais qu'il n'était qu'artifice ou même utilisé pendant des actes de cruauté, on ne veut pas l'entendre. Il devient un poison, un rappel constant de la trahison.

Ces marques, visibles et invisibles, sont les témoins de mon parcours. Et puis pour guérir, il ne fallait pas se vider la tête, juste la remplir et retrouver les soirs de fête, changer le cours de l'histoire, c'était d'abord changer d'air, parce qu'on vit aux idées noires tant qu'on refuse d'aller vers la lumière. Et ça, personne ne peut le faire à notre place, ni un proche ni un psy, mais nous, oui.

Mon interdiction, faire payer le mal que j'ai vécu aux autres. La vengeance ne mène nulle part, elle ne fait que perpétuer le cycle de la douleur. Maintenant, j'ai fait de la place dans mon cœur. J'ai appris à pardonner, à laisser partir.

Et finalement, nous sommes devenus deux inconnus comme au début.

Qui suis-je vraiment ? Cette question me hante, elle résonne dans ma tête comme un écho sans fin, me laissant souvent plus perdue que je ne l'étais au départ. Chaque regard dans le miroir me renvoie une version de moi-même que je ne reconnais pas toujours. Je me sens divisée entre la personne que je montre au monde, celle que je veux être, et celle que je suis réellement, dans mes moments les plus vulnérables.

Et puis, cette question : Mon identité, est-elle définie par mes expériences ? Par mes blessures ? Ou bien est-elle quelque chose que je dois encore découvrir ?

Peut-être que je suis comme un livre en pleine rédaction, une histoire qui se construit page après page, chaque chapitre influencé par les événements passés mais qui laisse une place à l'inconnu. Mon passé me façonne, certes, mais il ne me définit pas entièrement. Car après tout, comme disait Albert Camus : "La vraie générosité envers l'avenir consiste à tout donner au présent."

Mais franchement, comment donner tout au présent quand on ne sait même pas qui on est ? Est-il possible d'être à la fois tout et rien ?

Cerveau : "Tiens, voilà qu'on repart dans des réflexions existentielles. Tu t'y perds encore, c'est sûr."

Cœur : "Oh, tu es toujours là, toi ? Laisse-la respirer un peu. Elle a besoin de poser des questions pour avancer."

Cerveau : "Peut-être, mais elle devrait se concentrer sur des choses plus concrètes. L'identité, c'est flou, tout ça. Il faut être rationnel. On est ce qu'on fait, ce qu'on vit."

Cœur : "Et les émotions, alors ? Les sentiments, la façon dont on aime et dont on souffre, ça ne compte pas pour toi ?"

À force de creuser cette question, je me rends compte que mon identité ressemble à l'océan. Parfois calme, parfois déchaîné, parfois emporté par des courants que je ne contrôle pas. Mais l'océan a toujours un fond, même si on ne le voit pas tout de suite. Mon fond, c'est peut-être cette force que je n'arrive pas toujours à reconnaître, celle qui me fait avancer malgré tout.

Cerveau : "Mais enfin, tu divagues encore. Un océan, vraiment ? Tu te perds dans tes métaphores. L'identité, c'est un puzzle, pas une mer. Il suffit de trouver les bonnes pièces."

Cœur : "Encore toi ? Écoute, l'océan c'est une belle image. Parce que dans la profondeur de l'eau, il y a des trésors cachés. Même si elle ne les voit pas tout de suite, ils sont là."

C'est un peu ça, non ? Je cherche ces trésors cachés. Parfois, je me demande si je ne suis pas trop dure avec moi-même, à chercher une réponse définitive à cette question impossible. Peut-être que mon identité n'est pas une chose fixe, peut-être qu'elle change tout le temps, comme la mer qui se façonne au gré des tempêtes.

Mais malgré tout, il y a cette partie de moi qui veut une réponse. Une vraie. Un moment où je pourrai dire : "Voilà, je sais qui je suis."

Cœur : "On dirait que tu attends que l'univers te livre un mode d'emploi."

Cerveau : "Non, elle veut juste des certitudes. Elle a besoin de logique."

Mais la logique n'a jamais vraiment fonctionné pour moi. C'est plutôt l'instinct, la sensation de quelque chose qui me guide, même dans les moments où je n'y crois plus. Comme l'a dit Søren Kierkegaard : "La vie doit être vécue en avant, mais elle ne peut être comprise qu'en regardant en arrière."

Je regarde en arrière souvent, trop peut-être. Et là, je me perds dans la nostalgie, dans les regrets de ce que j'ai pu être ou ne pas être. Je m'interroge sur mes choix, sur les moments où j'ai laissé les autres décider de qui j'étais, au lieu de le faire moi-même.

Peut-être que mon identité n'est pas quelque chose que je trouverai dans les livres ou dans les paroles des autres. Peut-être qu'elle est cachée au fond de mon propre cœur, et qu'il faudra encore un peu de temps pour que je puisse la dévoiler. Mais ce que je sais, c'est que je ne suis pas celle que j'étais hier. Et c'est ça qui fait la beauté de la vie : l'évolution constante.

Cœur : "Tu vois, tu es déjà en train de grandir."

Cerveau : "Oui, mais la question demeure : qui est-elle vraiment ?"

Et puis, il y a cette autre idée : L'identité est-elle une cage ? Parfois, on se définit tellement par des mots, des rôles, des expériences, qu'on finit par se piéger soi-même. "Je suis ceci", "Je ne suis pas cela". Comme une prison que l'on se construit. On enchaîne des étiquettes sur nous-mêmes, jusqu'à ce que ces chaînes deviennent trop lourdes à porter.

Cœur : "Ah, là tu touches à quelque chose. L'identité ne devrait jamais être un carcan. C'est plus comme un souffle. Un souffle de liberté."

Liberté... un mot qui revient souvent. Une quête, peut-être plus importante que celle de l'identité elle-même.

Mais pourquoi est-ce si difficile d'être simplement soi ? Peut-être parce qu'on ne sait pas vraiment ce que ça veut dire. Ou parce qu'on a peur de ce que ça pourrait signifier.

Cœur : "La peur, voilà l'ennemi véritable."

Cerveau : "La peur est logique. Elle t'empêche de tomber dans des pièges."

Cœur : "Mais elle t'empêche aussi de vivre."

Et si mon identité n'était qu'un mirage, Un reflet dans l'eau, dans le vent, dans l'orage ? Je la cherche, je la fuis, je la découvre au détour, Mais jamais elle ne se pose, pas même pour un jour.

Elle change de couleur, de forme, de voix, Parfois elle crie, parfois elle se noie. Dans le tumulte des doutes, dans le calme des matins, Mon identité danse, elle prend son chemin.

"Ce n'est pas dans l'étoile que réside notre destin, mais en nous-mêmes." — William Shakespeare

Je lis cette citation, et elle me frappe. Tout est en moi, et pourtant, je ne trouve pas la clé. C'est comme si je me cherchais à travers les yeux des autres, comme si chaque regard, chaque opinion, devait valider qui je suis. Mais est-ce vraiment ça, l'identité ? Être approuvée par l'extérieur ?

Ou peut-être que je dois simplement accepter que je sois en constante évolution, comme l'a si bien dit Octavio Paz : "Nous ne sommes jamais les mêmes, et pourtant, nous restons nous-mêmes."

Cerveau : "L'identité est un chemin tracé par des faits."

Cœur : "Non, c'est une route pavée de sentiments jamais arrêtés."

Et moi, je les écoute tous les deux, En me demandant ce qui est le mieux. Mais peut-être que la réponse est ailleurs, Dans l'écho profond de mon propre cœur.

Qui suis-je, finalement ? Une question sans fin, Mais je continuerai à la poser, encore, demain. Et même si les réponses restent floues, C'est dans la quête que je me trouve.

Demain est un autre jour. Chaque aube est une promesse de renouveau, une chance de recommencer. Tu connais l'histoire de la grenouille et du scorpion ? Un scorpion, cherchant à traverser une rivière, demande à une grenouille de le prendre sur son dos.

– « Pour qui me prends-tu, scorpion ?? Je te connais, tu vas me piquer !! » – « Mais non, grenouille ! Tu peux me faire confiance. Si je te pique, je me noierai moi aussi ! »

La grenouille hésite mais finit par céder sous les insistances du scorpion. Elle le fait monter sur son dos et s'engage dans la rivière. Arrivés au milieu, le scorpion plante son dard profondément dans le dos de la grenouille. Celle-ci est paralysée et se met à couler, entraînant le scorpion avec elle. Elle parvient cependant à poser une dernière question :

– « Mais enfin, scorpion ! Pourquoi as-tu fait ça ?? Nous allons mourir tous les deux !! » – « C'est dans ma nature ! »

Cette fable illustre une vérité fondamentale : certaines natures ne changent pas, et il est essentiel de les reconnaître pour se protéger. J'ai appris à voir au-delà des apparences, à discerner les intentions cachées. Aujourd'hui, je choisis de vivre avec cette sagesse, en paix avec mon passé et prête à affronter l'avenir.

Je suis Léa, et mon âme en errance, Cherche son identité, dans une constante danse.

J'ai été consentante, inconsciemment à devenir, ce qu'il voulait que je sois. Malgré la manipulation, j'ai aimé sans aimer, Mais qui suis-je vraiment, dans ce jeu de vérité ?

Est-ce que cela m'a condamnée ou bien appris ? Suis-je victime ou coupable, ou les deux réunis ? Suis-je le reflet d'un rêve qu'il a façonné, Ou une âme en quête, d'un être insatisfait ?

Certaines questions n'ont jamais de réponses, comme des ombres qui hantent, malgré nos avancées.

Je suis Léa, toujours en quête d'identité. J'ai évolué, j'ai appris que l'identité est fluide, elle s'adapte et grandit, comme une source qui se dévide.

Chaque jour, je rencontre des échos, des situations qui me rappellent, mais font ma force aussi. Écrire ce livre m'a apporté tant d'émotions, une réalité perçue, grâce à cette introspection.

Vous, chers lecteurs et lectrices, avez partagé mes peines, sur ces pages lourdes, où la douleur se déchaîne.

Mes amies, ma famille, ceux que j'avais éloignés, m'ont aidée à reconstruire ma confiance. J'ai appris que l'amour ne devait pas faire mal, que je méritais d'être aimée, respectée, sans ce mal.

Alors, voici mon histoire, une quête sans fin, d'une jeune fille devenue une femme, avec un cœur en chemin. Léa, c'est moi, et je cherche encore, mais chaque jour est une victoire, un nouveau décor.

Quand je l'ai embrassé, je pensais à toi. Mais un jour, je sais que viendra le moment où en embrassant un autre, je penserai simplement à l'instant présent, à la beauté d'un nouveau départ. Et ce jour-là, je saurai que je suis enfin prête à aimer de nouveau, pleinement et sans réserve.

Et ce jour est arrivé

Le jour tant redouté était finalement arrivé. Ce jour où, malgré toutes les traces indélébiles laissées dans mon être, j'ai réussi à te sortir de mon cœur. Tu n'étais plus qu'une ombre lointaine dans les recoins de mon esprit, un souvenir flou que je croyais enfin derrière moi. Pourtant, tu en avais décidé autrement, comme si ce n'était pas assez pour toi. Il te fallait encore quelque chose, un dernier contrôle, une ultime emprise sur ma vie.

Je pensais que tout était fini, que j'avais tourné la page. Mais non. Tu avais besoin de savoir que j'étais toujours là, dans les parages. Au début, je n'y ai pas prêté attention. Ce n'était qu'une silhouette que je croyais apercevoir parfois, rien de concret, rien de réel. Puis, un jour, en sortant du travail, je t'ai vu là, debout, au coin de la rue. J'ai secoué la tête, me disant que c'était mon esprit qui me jouait des tours. Rien de plus qu'une illusion, un fantôme du passé qui refaisait surface dans mes pensées.

Mais les jours passaient, et je t'apercevais au même endroit, à chaque fois. Le doute s'est installé, glissant sournoisement dans mon esprit. Peu à peu, il a laissé place à une peur sourde, viscérale, une crainte que je ne pouvais plus ignorer. La paranoïa a commencé à émerger, brouillant la ligne entre ce qui était réel et ce qui ne l'était pas. Était-ce vraiment toi ? Ou n'était-ce que mon imagination ? Je ne savais plus distinguer l'un de l'autre.

Certaines journées, ces deux réalités se confondaient dans mon esprit. Mais il y avait des moments, des instants glacés de certitude, où tu étais bel et bien là, à quelques mètres de moi, me regardant fixement. Ces moments étaient terrifiants, car je savais de quoi tu étais capable. La violence, je l'avais déjà vue dans tes yeux, et l'idée que tu sois si proche, à portée de main, me paralysait de peur.

C'était comme ça, jour après jour. J'ai pris la décision de partir, de changer de ville, de me réfugier chez mes grands-parents. Je me suis dit que là-bas, tu ne me retrouverais pas. C'était une nouvelle vie, une chance de repartir de zéro. Mais tu m'as retrouvée.

Je me suis longtemps demandé comment tu faisais pour me suivre à la trace, alors que j'avais changé d'école... Comment pouvais-tu savoir où j'étais ? C'est alors que en fouillant mon téléphone j'ai découvert que tu avais ma localisation depuis des années. Chaque pas que je faisais, tu le connaissais.

Et puis il y avait les messages, sans fin, comme une pluie incessante qui martelait mon esprit. Une fois, alors que je sortais de mes cours, je me suis arrêtée à un feu rouge. Tu étais là, à côté de moi, sur ton vélo, ta casquette vissée sur la tête. Mon cœur a bondi dans ma poitrine, la panique m'a submergée. Et l'envie de crier à l'aide m'a brûlé la gorge. Mais je n'ai rien fait. J'ai fixé la route devant moi, tentant de me convaincre que tu n'étais pas là, que je ne t'avais pas vu.

À chaque nouvelle rencontre, je faisais semblant. Je jouais ce rôle où je prétendais ne pas te voir, ne pas te reconnaître. Je refusais d'entrer dans ton jeu, refusais de te donner le pouvoir de me terroriser ouvertement.

Je n'ai pas eu le courage de pousser les portes de la police. La peur de retourner dans cet enfer du passé, de souffrir à nouveau, était trop forte. Je n'ai jamais demandé d'aide. À la place, j'ai tout gardé. Les preuves de ta cruauté, les messages, les moments où tu étais là, dans l'ombre. Si un jour je dois m'en servir, je le ferai.

Mais pour l'instant, j'ai décidé de laisser la vie s'occuper de toi. Tu ne fais plus partie de mon présent, tu n'es qu'un fantôme qui erre encore dans les recoins sombres de mon esprit, mais je refuse de te laisser hanter ma vie plus longtemps.

Et puis, ce jour est arrivé. Sans prévenir, sans drame. C'était doux, presque imperceptible au début. J'ai rencontré quelqu'un. Ses yeux n'étaient pas comme les tiens, son sourire n'avait pas la même courbe, et c'est précisément ce qui m'a plu. Ce n'était pas une version améliorée de toi, c'était quelqu'un de totalement différent. Un homme avec ses propres histoires, ses propres cicatrices, ses propres rêves.

Quand il m'a embrassée, pour la première fois, je n'ai pas pensé à toi. Je n'ai pas cherché ta présence dans ce moment. Il n'y avait que lui, moi, et cet instant présent. La beauté d'un nouveau départ, pur et simple. J'ai senti quelque chose de libérateur, une légèreté qui ne m'avait jamais accompagnée auparavant.

Je n'ai pas ressenti la douleur de te perdre à nouveau. Il n'y avait plus cette lutte intérieure, ce besoin de comparaison. Il n'était pas là pour te remplacer, il était là pour être lui, et moi pour être moi, pleinement, sans les chaînes de notre passé.

Avec lui, j'ai appris à aimer autrement. Pas comme une réparation de ce qui avait été brisé, mais comme une exploration nouvelle. Chaque geste, chaque parole était un chapitre différent, sans lien avec toi. Cet amour, c'était une conversation que nous créions ensemble, pas une réécriture de ce que j'avais déjà vécu.

Et je me suis rendu compte que ce jour-là, en l'embrassant, je n'avais plus peur. Plus peur de l'inconnu, plus peur de souffrir, plus peur de m'ouvrir à quelqu'un d'autre. Ce n'était plus toi que je cherchais, mais moi-même, dans cette relation nouvelle et saine.

— Tu es prête, me disait mon esprit, presque fier.
— Oui, je suis prête, répondais-je, le cœur léger.

C'est étrange de réaliser qu'un jour on arrête de courir après les fantômes du passé. Ce jour-là, je n'ai plus ressenti le besoin de comparer, de me protéger, de chercher des réponses. J'étais simplement là, présente, à aimer cet homme pour ce qu'il était, et à m'aimer pour celle que j'étais devenue.

Et puis, il y a eu ce moment. Le moment où j'ai su que je pouvais partir sans que ça fasse mal. Pas de rancune, pas de regrets. L'amour que j'ai partagé avec lui m'a appris des choses, mais il ne me définit plus. Je peux regarder en arrière, voir notre histoire avec tendresse, mais sans la douleur de l'attachement. Je suis enfin libre de toi, libre de nous.

Je peux aimer sans me perdre, je peux partir sans m'effondrer. Ce jour est arrivé, et je le vis pleinement. L'amour sain que j'ai trouvé n'efface pas ce que nous avons vécu, mais il me permet de comprendre que la vraie force, c'est de savoir quand lâcher prise, quand avancer.

Je ne crains plus l'avenir, je ne crains plus l'inconnu. Car aujourd'hui, je suis prête à aimer de nouveau, à aimer sainement, à aimer sans réserve.

Et puis, j'ai réinventé le mot « je t'aime ». J'ai compris que, même si je voyais ce mot comme quelque chose de nocif, un intrus dans mon langage, ce mot peut être montré de tant d'autres manières, mais aussi dit sans que cela fasse mal, sans penser à cette personne qui a fait de ce mot une flamme.

J'ai réinventé ma manière d'aimer, ma manière d'être. J'ai appris à m'aimer d'abord, à exister pour moi-même avant tout. Il ne s'agit plus de donner à autrui avant de se nourrir soi-même. Non. Ma priorité est devenue Moi, ensuite les autres, et enfin, l'amour. L'équilibre de ma vie repose sur cette hiérarchie.

Ce n'est plus l'amour, les autres, puis moi, mais Moi, les autres, et enfin l'amour. Quand vous comprenez cela, vous comprenez tout. Tout bascule. Le monde ne tourne plus autour de ceux qui attendent de vous dévorer, de ceux qui profitent de votre gentillesse pour jouer de votre vulnérabilité. Vous êtes trop bon, trop fragile, et dans cette douceur, le monde se permet de vous écraser.

Il faut parfois être dur pour être juste. D'abord envers soi, ensuite envers les autres. L'amour peut faire mal, il peut vous brûler de l'intérieur, mais il ne doit jamais vous consumer.

Et puis, l'inconnu ne fait plus peur

Autrefois, l'inconnu avait un visage.
Un visage bien trop familier, à vrai dire.
Celui d'un homme, qui, avec ses mots sucrés,
Tissait ses pièges, se nourrissait de mes doutes.
L'inconnu, c'était lui. Un maître dans l'art des failles,
Glissant entre mes rêves, faisant danser mes peurs.

Je croyais tout, aveuglément, naïvement,
Comme une enfant qui cherche la lumière dans l'ombre.
Mais aujourd'hui, les choses ont changé.

Mon esprit : "Eh bien, encore à ressasser ?"

Moi : "Pas vraiment, je ne pense plus à lui comme avant."

Mon esprit : "Vraiment ? Pourtant, dès qu'un homme s'approche,
Je vois l'ombre que tu cherches à retrouver."

Moi : "Peut-être. Mais plus maintenant.

L'inconnu ne me fait plus peur. Ni lui, ni ceux qui viendront."

Autrefois, l'inconnu était une ombre menaçante,
Une peur qui me serrait la gorge à chaque pas.
Je revivais ses mensonges, ses rires, ses promesses fausses,
Une torture qui me paralysait, m'étouffait, m'écrasait.

Mon esprit : "Et pourtant, te voilà, plus légère, non ?"

Moi : "Oui, tu sais quoi ? J'ai compris quelque chose."

Mon esprit : "Je t'écoute."

Moi : "L'inconnu n'a plus son visage… parce que l'inconnu, c'est moi."

Mon esprit : Silence.
Surpris. Il n'avait pas vu venir ce moment de clarté,
Peut-être pensait-il que je resterais éternellement dans la peur.
Mais aujourd'hui, j'ai décidé que ça suffisait.

L'inconnu, ce n'est plus un homme, ni un souvenir.
L'inconnu, c'est l'avenir, la liberté.
Le choix de chaque jour, celui de ne plus laisser quelqu'un me définir.

Mon esprit : "C'est intéressant..."

Moi : "Ce n'est pas juste intéressant, c'est libérateur !
Fini de donner à mes peurs le visage de quelqu'un.
Je ne me cacherai plus derrière des excuses,
Je suis prête à avancer, sans lui, sans passé."

L'inconnu autrefois avait des griffes et des crocs,
Il hantait mes nuits, me rappelant mes erreurs.
Aujourd'hui, je ris de lui, de ce que j'étais.
Parce qu'au fond, c'est moi qui ai gagné,
Lui, figé dans ses illusions, et moi...

Mon esprit : "Toi, tu es libre."

L'inconnu n'est plus un monstre tapi dans l'ombre,
Je n'ai plus à craindre ces ténèbres profondes.
Car en moi, je trouve la force et la clarté,
Et c'est vers l'avenir que je vais, libérée.

Je ne suis plus prisonnière de ses ruses,
Je me lève, je refuse ses excuses.
L'inconnu, c'est un terrain de jeu,
Où je danse, où je crée, où je suis enfin moi.

Moi : "En fait, c'est comme si j'avais été à une fête déguisée toute ma vie,
Mais j'étais la seule à ne pas savoir que c'était une fête."

Mon esprit : "Et toi, tu portais le costume de la victime."

Moi : "Exactement ! Mais tu sais quoi ? J'ai décidé de changer de tenue."

Mon esprit : "Oh, vraiment ? Quelle tenue cette fois ? La super-héroïne ?"

Moi : "Non, mieux. Je vais juste être moi-même. C'est encore plus impressionnant qu'une cape."

L'inconnu, autrefois, portait un masque.
Aujourd'hui, je lui fais face sans fausse parade.
L'humour me sauve, me garde légère,
Et je marche, libre, légère comme l'air.

L'inconnu, ce n'est plus une menace,
C'est une chance, une audace.
Chaque pas vers l'avenir est un pas vers moi,
Un pas où je m'affirme, où je choisis ma voie.

Autrefois, je craignais l'inconnu,
Mais maintenant, je l'accueille comme un vent venu,
Il me porte, il m'emporte,
Loin des regrets, loin des portes closes.

Parce que l'inconnu, ce n'est pas lui,
C'est moi, c'est ce que je deviens, c'est ma survie.

Et si demain est flou, tant mieux,
Je n'ai plus besoin de tout savoir pour être heureuse.

Mon esprit : "Alors, tu es prête à embrasser l'inconnu maintenant ?"

Moi : "Oh, je vais faire bien plus que ça. Je vais le séduire, le surprendre."

Mon esprit : "Attention, il ne se laisse pas toujours faire."

Moi : "Tant mieux, ça rend le jeu plus excitant !"

L'inconnu n'a plus de visage sombre,
Je l'ai dépouillé de ses ombres.
Maintenant, il est mon allié,
Je marche à ses côtés, sans jamais trébucher.

Et si demain m'effraie encore parfois,
C'est avec un sourire que j'accueille cette voie.
L'inconnu est mon complice, mon chemin,
Et je n'ai plus peur de ce qu'il me tendra demain.

Je ris de moi, je ris de tout,
Parce qu'au fond, tout ça n'était qu'un flou.
Aujourd'hui, je suis ici, présente et entière,
Et l'inconnu ne me fait plus taire.

J'avance, libre, forte et sereine,

Et dans cette marche, je laisse derrière moi la peine.

Le bonheur retrouvé

Il y a un moment dans la vie où l'on cesse de chercher des réponses à l'extérieur, et on commence à écouter ce qui se trouve à l'intérieur. Ce moment, je l'ai enfin atteint. Après toutes les tempêtes, toutes les nuits d'insomnie, toutes les blessures qui ont laissé des cicatrices, je me suis finalement retrouvée. Et dans cette redécouverte, j'ai trouvé quelque chose de précieux : mon bonheur.

Le bonheur, ce n'est pas l'absence de douleur, ni une perfection inatteignable. Le bonheur, c'est de remplir mes journées de projets qui ont du sens. Je me suis libérée de mes peurs, des attentes des autres, et surtout, de l'influence de ceux qui voulaient me retenir dans l'ombre. Aujourd'hui, chaque matin est une nouvelle opportunité d'avancer, de créer, de bâtir. Je suis en mouvement constant, non pas parce que je fuis quelque chose, mais parce que j'embrasse enfin la vie telle qu'elle est.

Le chemin vers ce bonheur n'a pas été linéaire, bien au contraire. Il a été fait de détours, de culs-de-sac. Mais à chaque épreuve, j'ai appris quelque chose de plus sur moi-même. À force de m'interroger, de me chercher, j'ai fini par trouver ce qui me fait vibrer, ce qui donne un sens à mon quotidien.

Aujourd'hui, mes journées sont pleines. Pleines de rires, de défis, de petits plaisirs que je me permets de savourer. Je suis entourée de projets qui me passionnent, de personnes qui m'élèvent. Mes engagements, mes rêves tout cela forme un puzzle dont chaque pièce contribue à mon épanouissement. J'ai appris à aimer à nouveau, à m'aimer surtout. Parce qu'au fond, c'est la plus belle des conquêtes.

Le Cœur et l'Esprit Réconciliés

Mon cœur, autrefois fragile et blessé, bat aujourd'hui avec force. Mon esprit, qui posait tant de questions, a trouvé ses réponses dans l'action, dans le moment présent. C'est en forgeant des projets que j'ai pu apaiser mes doutes. Et même si la peur n'a jamais totalement disparu, je l'ai apprivoisée. Elle n'est plus un frein, mais une simple compagne de route.

« Ce n'est pas la destination qui compte, mais le chemin », disait Ralph Waldo Emerson, et je ne pourrais être plus d'accord. Mon chemin m'a conduite là où je devais être. Il m'a permis de comprendre que le bonheur n'est pas une fin en soi, mais un processus, un engagement quotidien.

En définitive, ce que cette aventure m'a appris, c'est qu'il ne sert à rien d'attendre que quelqu'un d'autre nous sauve. Nous avons en nous toutes les ressources nécessaires pour avancer, pour guérir, pour trouver notre propre lumière. Le bonheur n'est pas un objet que l'on peut saisir, c'est une manière d'être, une façon de se positionner face à la vie.

Ne laissez jamais vos peurs décider à votre place. Ne laissez jamais quelqu'un d'autre vous dire qui vous êtes ou ce que vous méritez. C'est vous, et vous seul, qui pouvez décider de la vie que vous voulez mener. Entourez-vous des bonnes personnes, de ceux qui vous soutiennent, qui vous poussent à aller plus loin. Mais surtout, prenez soin de votre propre bonheur. Il est précieux et mérite toute votre attention.

La Fin, mais Pas la Fin

Et maintenant ? Qu'est-ce qui vient après tout cela ? La vie, tout simplement. Une vie où je ne me définis plus par mes blessures, mais par mes rêves. Une vie où chaque jour est une opportunité d'être pleinement moi-même. Où je me lève avec des projets en tête et l'envie de les réaliser. Une vie où je ne crains plus l'inconnu, où je n'ai plus besoin de prouver quoi que ce soit à qui que ce soit. Parce que je sais qui je suis, et cela me suffit.

L'histoire pourrait se terminer ici, mais en réalité, ce n'est que le début. Le début d'une existence plus légère, plus lumineuse. Parce que le véritable bonheur, c'est de savoir que quoi qu'il arrive, je suis capable d'affronter l'avenir, de me réinventer encore et encore.

Je ne suis plus celle que j'étais, mais je suis exactement celle que je dois être. Et c'est bien là la plus belle des victoires.